성충동에 관한
13가지 진실

성충동에 관한 13가지 진실

성관계는 인간이 종족번식을 할 수 있도록 창조주께서 주신 가장 아름답고 가치 있는 선물 중 하나입니다. 그리고 성은 청춘 남녀를 서로 끌리게 하고 로맨틱한 사랑을 속삭이게 하며 결혼하여 행복한 부부생활을 하게 합니다.

그러나 오늘날 많은 사람들이 오로지 쾌락을 추구하기 위해서만 성관계를 하고 있습니다. 아름답고 가치 있는 성이 쾌락과 죄의 도구로 사용되어 많은 사람들의 인생에 불행을 초래하고 있는 것입니다.

《성충동에 관한 13가지 진실》은 성관계의 아름다움과 가치를 말해 줄 뿐 아니라 하나님의 진리를 함께 전달하고 있습니다. 그리고 성관계에 대한 올바른 인식과 여러 교훈을 청소년에게 주는 귀중하고 보배로운 메시지를 담은 책입니다.

조지 이거George Eager 선생님은 미국의 수많은 중·고등학교를 방문하여 수천 명의 청소년들에게 그들의 당면 고민인 '성충동, 데이트 그리고 사랑'에 대한 연설과 상담을 하고 있습니다. 그리고 자신의 경험과 상담 사례, 십대들의 고민을 엮은 《십대들과 대화Teen Talk》라는 계간지를 발간하여 청소년들에게 매번 십만 부 이상을 보냈습니다.

이 책을 번역한 저는 이거 선생님의 저서들을 모두 읽었는데 특히 이 책은 현재 청소년들뿐 아니라 모든 결혼 전 예비부부가 성관계에 대한 가치와 올바른 인식을 위해서 반드시 읽어야 하다고 생각합니다.

이 책이 한국에 번역되게 된 것은 큰 기쁨이 아닐 수 없으며 조지 이거 선생님에게 감사를 드립니다.

이 책을 읽으시는 독자들에게 행복한 인생이 펼쳐지길 기도드립니다.

2011년 7월
옮긴이 임달호

"남자의 성충동은 억제할 수 없나요?"

"남자친구가 자꾸 스킨십을 해옵니다. 그러면 저 역시 성충동을 느낍니다."

"전 아직 고등학생인데, 곧 성관계를 하게 될 것 같아 두렵습니다. 성충동을 없애는 방법이 없나요?"

청소년들에게 가장 많이 받는 질문입니다.

성에 대해 지극히 이중적인 우리 사회는 청소년에게 구체적이고 실제적인 정보를 제공하기 보다는 '사고 치지 말라'는 겁주기 성교육을 하기 일쑤입니다. 게다가 청소년들이 인터넷 등에서 쉽게 접하는 성 정보는 너무나 왜곡되어 있습니다.

건강한 성을 가르쳐야 할 어른들은 도리어 아이들과 성에 대한 대화를 나누기 싫어합니다. 그래서 성호르몬의 작용으로 왕성한 성충동과 성에 대한 호기심에 휩싸인 청소년들이 실제적인 도움을 받지 못 한 채 알음알음으로 알게 된 성에 대해 왜곡된 정보를 가지게 되는 것입니다.

모름지기 성은 아름답고 건강한 것이고, 인간은 번식하고 사랑하는 존재이기 때문에(신은 우리를 그렇게 축복하셨지요) 더욱 성에 대해 정확하게 아는 것이 필요합니다. 저는 성교육전문가로서 청소년들에게 성에 대한 정확한 정보와 성에 대한 건강한 가치관에 대해 이야기해 주는 것이 무엇보다 필요하다고 느껴왔습니다.

성을 즐겁고 멋지게 누리는 것도 중요하지만, 성을 누리기에 적절할 그때가 될 때까지 성에 대한 욕구나 충동을 절제하는 것이 청소년에게는 더욱 필요합니다. 준비되지 않은 성관계는 인생에 커다란 상처를 주기 때문이지요.

조지 이거의 《성충동에 관한 13가지 진실》은 이러한 점에서 환영받을 만합니다.

이 책은 소녀와 소년의 성과 사랑에 대한 관점 차이, 생리적 차이를 밝히고 순결에 대한 건강한 정의를 내리고 있습니다. 또한 구체적인 사례를 통해 안전하지 않은 청소년들 성관계의 위험성을 지적합니다. 조지 이거는 미래를 준비하는 청소년에게 건강한 성이란 무엇이고 그들의 인생에서 가장 유리한 결정을 어떻게 내려야 하는가에 대해 애정을 가지고 청소년들을 설득합니다.

자신의 인생을 위해 건강한 사랑을 하고 싶은 청소년들에게 이 책을 추천합니다. 또 그들의 행복을 바라는 보호자, 부모님 및 선생님들께서도 이 책을 읽어 보시길 바랍니다. 이 책을 통해 비로소 좀 더 쉽게 성관계에 대해 어떻게 말해주어야 할지 아시게 될 것이라 생각하기 때문입니다.

행복한 성 문화센터, 섹슈얼리티 컨설턴트
소장 배정원

차례

첫 번째 진실 1

성충동이란 무엇인가?

성적으로 끌리는 것이
진정한 사랑은 아닙니다

청소년이 성인으로 성장할 때 소년이나 소녀는 몸속에서 강한 성적 욕구를 느낍니다. 이 강한 성적 욕구가 바로 성충동입니다. 성충동은 나쁜 것도 죄가 되는 것도 아닙니다. 다시 말하면 성충동은 건강한 사람이면 누구나 원래부터 갖고 태어나는 본능입니다. 그러나 성충동은 우리 스스로 절제할 수 있으며 절제해야만 합니다.

소년과 소녀의 성충동에는
서로 다른 차이점이 있습니다

소년과 소녀는 신체 구조면에서 서로 다를 뿐만 아니라 성에 대해 반응하는 방식도 다릅니다. 그리고 그들은 성적 자극을 받는 데 있어서도 차이점을 보입니다. 소녀는 주로 신체적 접촉에 의해 자극을 받는 데 비해, 소년은 주로 눈에 보이는 것에 자극을 받습니다. 소년은 성적으로 빨리 흥분하며 성적 욕구가 매우 강하지만 소녀는 소년보다 서서히 흥분합니다. 그러므로 소년이 흥분할 때에도 소녀는 정신을 차리고 자신을 보호할 수 있습니다.

소녀는 소년이 생각하는 방식과 다르게 성을 생각합니다. 소녀는 소년보다 더욱 낭만적인 사랑을 갈구합니다. 누군가가 자신을 꼭 껴안아 주고 따뜻함과 애정 그리고 평온함을 주는 낭만적인 사랑을 원합니다. 대개 소녀들은 자신이 상대 소년을 사랑하고 그 또한 자기를 사랑하고 있다는 것을 느끼지 않는 한 어떤 소년과도 성관계를 상상하려 들지 않습니다.

그러나 소년은 소녀에 대해 생각할 때 다른 무엇보다 성적 대상으로 생각하는 경향이 강합니다. 그리고 소년의 돌발적인 성적 욕구 그 자체가 진정한 사랑에 대한 증거는 아닙니다. 그래서 소년은 자신이 좋아하지도 않는 소녀와도 성적인 교제를 즐길 수 있습니다. 반면 소녀는 그녀가 진정으로 사랑하고 있지 않는 소년과의 성적인 교제를 즐기기 어렵습니다.

▎성관계에 대한 두 가지 오해

우리는 성관계에 대해 두 가지 오해를 할 수 있습니다.

첫 번째는 성관계란 단지 마음에 드는 사람이면 누구와도 자신이 원할 때면 언제든지 즐길 수 있는 육체적 행위라고 생각하는 것입니다. 이것은 분명 잘못된 생각입니다. 성관계란 단지 육체적 행위만이 아니라 그 이상의 의미를 갖기 때문입니다. 두 사람은 성관계를 맺음으로 하나가 되는 것입니다. 이것은 너무도 친밀한 경험이기 때문에 관계 후에도 오랫동안 육체적 정신적 영향을 끼칩니다. 이 사실을 경시하는 사람은 우리 인간의 생리를 전혀 모르고 있는 무지한 사람입니다.

두 번째는 성적인 행위를 삶의 전부로 착각하는 것입니다. 영화나 TV는 성관계가 인생에 있어서 가장 중요하고도 즐거운 것이라는 왜곡된 인상을 심어 줍니다. 그리고 성관계가 사랑을 표현하는 유일한 방법인 것처럼 보여줍니다. 이것은 명백히 잘못된 생각입니다. 서로에 대한 진정한 사랑과 헌신이 뒷받침되지 않은 채 행해지는 성관계는 결국 '돈 내고 하는 운동'과 별다를 것이 없습니다. 청소년들은 그것을 '화끈한 것'이라고 부르지만, 사실은 그렇지 않습니다. 실제로 많은 문제 청소년들이 "성관계가 뭐 그리 대단한 거야? 내가 경험해 봤는데 별것도 아니더라"고 말합니다.

"별것도 아니더라"고 말한 이유는 사랑이 없는 단순한 성관계였고, 사랑하는 사람 사이에 꼭 있어야 할 서로에 대한 헌신이 전제되지 않은 상태에서 이루어진 성관계였기 때문입니다. 개나 고양이도 성관계를 가질 수 있지만 그 가운데 진정한 사랑과 헌신은 없습니다. 그러나 결혼을 통해 진정한 사랑과 헌신, 안락함이 뒷받침된 가운데 이루어지는 성관계는 방종과 확실히 다릅니다. 오직 서로를 통해서만 사랑을 나누겠다는 일평생의 헌신과 약속이 있은 후에 이루어지는 남편과 아내의 성관계는 서로에 대한 사랑을 충분히 표현하게 됩니다. 그것이 진정으로 '화끈한 것'입니다.

▌성충동은 억제할 수 있습니다

성에 대한 욕구는 모든 동물들이 공유하는 충동입니다. 그러나 사람이 성충동에 반응하는 방식에는 다른 동물들과 큰 차이가 있습니다. 교미 시기에 일어나는 동물들의 성충동은 불가항력적이기 때문에 그들은 무분별하게 짝을 찾습니다. 그렇지만 우리 인간은 행동하기 전에 생각할 수 있습니다. 우리는 무분별한 성적 충동에 얽매일 필요가 없습니다. 우리는 그 결과를 고려할 수 있습니다. 장래에 대해 생각할 수 있고, 할 일과 하지 않아야 할 일을 구별해서 행동할 수 있습니다.

▌성은 결코 피하기 어려운
▌긴급 사태가 아닙니다

때때로 소년은 애무라든가 다른 형태의 자극들에 너무나 흥분되어서 상대 소녀에게 말합니다. "우리는 이미 너무 깊이 사랑하고 있어. 나는 자기를 정말로 안고 싶어! 내가 자기를 가질 것을 허락해 줘!" 이 말은 만일 그녀가 응하지 않으면 마치 소년에게 엄청나게 큰일이 일어날 것 같은 다급한 소리로 들립니다. 그러나 그것은 진실이 아닙니다. 그때 소년이 성관계를 갖지 않는다고 해서 그에게 어떤 나쁜 일이 일어나는 것은 절대 아닙니다. 생리적으로 흥분된 소년의 상태는 곧 사라질 것입니다.

성충동은 허기진 배고픔의 욕구와는 다릅니다. 당신이 먹지 않아 계속 허기와 배고픔을 느끼고 있다면 반드시 음식을 먹어야 해소될 수 있습니다. 그러나 성충동은 일단 자제된 후 시간이 지나면 저절로 정상적으로 되돌아옵니다. 그러므로 성충동은 얼마든지 억제될 수 있습니다.

의심할 여지없이 성은 중요합니다. 그러나 성이 생활의 즐거움을 위해 절대적으로 필요한 것은 아닙니다. 많은 사람들이 여러 이유들로 전 생애에 성관계를 갖지 않고 지내며, 그러면서도 여전히 만족하고 행복한 삶을 살아가고 있습니다.

여러분, 명심하십시오. 성관계는 결코 피하기 어려운 긴급사태가 아닙니다! 무분별한 발산으로 생긴 불행한 결과로 오랜 세월 동안 후회하는 것보다 성적인 욕구를 절제하는 편이 훨씬 더 좋습니다.

요약하면 성충동은 강한 것이기는 하지만, 우리 스스로 그것을 절제할 수 있을 때까지 절제해야만 합니다. 우리는 동물이 아니므로 성욕에 전적으로 이끌려 살지 않습니다. 우리는 행동하기 전에 생각할 수 있습니다. 우리는 그 결과를 고려해 볼 수 있습니다. 우리는 존엄하고, 자신을 다스릴 줄 아는 인간이기 때문에 마땅히 해야 할 일과 하지 않아야 할 일을 구분해서 결정할 수 있습니다.

남자와 여자의 성적 극치

소녀는 소년보다 신체적으로 일찍 성숙합니다. 이란성 쌍둥이의 경우에도 소녀는 쌍둥이 소년이 몽정을 경험하는 것보다 보통 2년 정도 앞서 월경을 경험합니다. 그리고 그후 소년은 십대 후반에 성적 극치에 이르는 반면 소녀는 대개 20대 후반이나 30대 후반에 성적 극치에 이릅니다. 십대 소년은 한 가정의 가장과 부모로서 책임을 지기에는 너무 어렵습니다. 그럼에도 불구하고 그들은 이 시기 동안에 가장 강하게 성충동을 느낍니다. 강렬한 성충동은 소년을 거칠고 고통스럽게 만드는 원인이 됩니다. 그렇지만 성충동은 분명 자연스러운 현상입니다.

소년의 성적 극치인 이 시기 동안에 그의 몸은 무수한 정액을 만듭니다. 이 정액들은 그의 몸 안에 저장됩니다. 그런데 저장된 장소가 차고 넘치면 잠자는 동안에 나머지 정액이 흘러 밖으로 나옵니다. 이것을 '유정'또는 '몽정wet dream'이라 합니다. 이것은 청소년기에 일어나는 극히 정상적인 일이며 부끄러워할 일이 결코 아닙니다. 레이 쇼트 박사는 《섹스, 데이트 그리고 사랑 Sex, Dating and Love》에서 십대들이 많이 묻는 두 가지 질문에 대해 다음과 같이 대답합니다.

성관계를 시작하기에 가장 적절한 나이는 언제일까요?

'성관계를 할 수 있는 나이'와 '성관계를 할 권리를 가지는 시기'는 아주 다릅니다. 여성은 아주 어린 나이에 임신이 될 수 있습니다. 조숙한 소녀는 11세에도 아이를 임신할 수 있습니다. 그러나 이것이 그녀가 그 나이에 성관계를 해도 된다는 의미는 아니며 또한 그녀가 그 나이에 아이를 돌볼 수 있다는 의미도 아닙니다.

12살 된 소년은 소녀에게 아이를 갖게 할 수 있습니다. 그렇다고 해도 그가 그 나이에 훌륭한 아빠나 훌륭한 남편이 될 가능성이 있을까요? 절대로 그렇지 않습니다. 요컨대 인간이 단지 신체적으로 볼 때 성적 기관이 충분히 성숙했다고 해서 여자와 남자가 성관계를 맺을 권리를 가지게 됨을 의미하지 않습니다. 그러면 과연 몇 살에 성관계를 맺을 권리를 갖게 되는 것일까요? 그것은 여자나 남자가 성관계의 결과에 대해 충분한 책임을 질 수 있을 때 비로소 가능합니다. 우리 사회에서는 그때가 바로 '결혼 이후'를 의미합니다. 부부가 웬만큼 나이가 들고, 그들 자신과 그들이 갖게 될 아이들을 돌보고 부양할 만큼 정신적으로 충분히 성숙하고 나서야 비로소 성관계를 할 권리를 갖게 되는 것입니다.

피임이 있음에도 불구하고 소녀가 임신할 가능성은 정말로 그렇게 많을까요?

십대들 사이에서 원치 않는 임신을 할 가능성은 여전히 매우 높습니다. 최근 피임에 매우 효과적이고 안전한 방법들이 몇 가지 나왔다고 하지만 그것은 모두 완벽하지 않습니다. 지금으로서는 데이트를 하고 있는 십대들의 다섯 명 중 한 명만이 적절한 피임 방법을 하고 있습니다. 일반적으로 성관계를 가진 십대들의 세 명 중 한 명은 혼전에 임신을 합니다. (이들 다섯 명 중에 한 명은 성관계를 갖기 시작한 후 한 달 만에 임신을 하게 됩니다. 소녀는 사실 성관계를 그다지 즐기지도 못하고 자신의 인생이 송두리째 무너져 내림을 경험할 것입니다.)

그러므로 소녀들이 자신에게 해야 할 질문은 "만약 임신이라도 되면 어떻게 하지?"가 아닙니다.

"내가 앞으로 임신하게 되면 과연 어떤 일이 일어날가?"를 스스로 질문해 보아야 합니다. 그것이 보다 더 중요하며 좀 더 이성적인 질문이라 할 수 있습니다.

그런데 임신을 피할 가장 간단하고 100퍼센트 완전한 방법이 있습니다. 그것은 여러분이 모두 "아니오!"라고 말하는 것입니다. 소녀들은 때때로 묻습니다. "처음으로 소년과 성관계를 가질 때 임신할 수 있나요?" 그 대답은 "네!"입니다. 뿐만 아니라 그녀는 성행위를 통해 옮는 포진과 매독, 임질 그리고 에이즈를 포함한 여러 가지 성병을 부수적으로 얻게 될 수도 있습니다.

두 번째 진실 2

가장 소중한 선물

가장 소중한 선물

당신에게 부유한 친척이 있어 매우 값비싼 보석을 당신에게 주었다고 가정해 보십시오. 보석은 수억 원 이상의 값어치를 지닌 당신이 지금까지 본 것 중에서도 가장 아름다운 다이아몬드입니다. 너무도 귀중해서 값으로 따질 수 없는 이 선물은 '당신 인생의 어느 한순간에 가장 특별하게 다가온 사람에게만 줄 수 있다'는 특권과 함께 당신에게 주어진 것입니다. 당신은 그것을 단 한 사람에게 그리고 단 한 번만 줄 수 있습니다. 당신이 그것을 한 번 주고 나면 그것은 영원히 다시 주어지지 않습니다.

당신은 이 선물을 어떻게 하겠습니까? 다이아몬드를 보고 감탄하는 첫 번째 사람에게 주겠습니까? 아니면 한 번 만났다 다시는 만나지 못할지도 모르는 우연히 만난 친구에게 주겠습니까?

"물론, 아닙니다! 그것은 어리석은 짓입니다!"라고 당신은 말할 것입니다.

더군다나 당신은 그 선물을 줌으로써 당신의 사랑이 진실함을 증명해 달라고 요구하는 사람에게 그것을 주겠습니까? 아니면 적합한 사람을 만날 때까지 이 선물을 꼭 간직하려 하지만, 그런 당신의 결심을 우습게 생각하고 조롱하면서 아무에게나 주라고 압력을 가하는 사람들에게 못 이겨 함부로 그것을 주겠습니까? 당신은 "그럴 수 없어요. 나의 귀중한 선물을 주기에 합당한 사람을 만날 때까지 고이 간직할 거예요"라고 단호하게 말해야 합니다.

모든 청소년들에게는 값으로 따질 수 없는 귀중한 선물이 주어져 있습니다. 그것은 남자나 여자나 '순결'입니다. 당신은 단 한 사람에게 그리고 단 한 번만 '순결'을 줄 수 있습니다.

당신이 인식하고 있든지 그렇지 못하든지, 당신의 순결은 너무도 소중한 것입니다! 그러나 많은 청소년들이 아무 생각도 없이 자신의 순결이란 보석을 함부로 남에게 줍니다. 어떤 사람들은 상대방이 진정한 '사랑에 대한 증거'로 순결을 요구하자 그냥 줍니다. 어떤 사람들은 부주의한 탓으로 이미 순결을 주어버린 또래 친구들의 강압에 따라 자신의 순결을 주어버립니다.

만약 당신이 자신의 순결을 부주의하게 주어버린다면, 당신의 일생에서 가장 큰 실수를 저지르게 되는 것입니다. 이유야 어떻든 간에 당신은 언젠가 그 일을 후회하게 될 것입니다. 당신의 순결을 준다는 것은 상대방에게 가장 값비싼 보석을 주는 것과 같이 아주 값어치 있는 것을 주는 행위입니다. 그 후에야 순결을 부적당한 사람에게 주었음을 깨닫게 됩니다. 이제 그 사람은 떠나버렸고, 당신의 소중한 보석도 그렇게 모두 날려버린 것입니다.

청소년기에 맺은 모든 낭만적인 관계들은 대부분 언젠가는 끝나게 될 것입니다

당신이 사랑에 빠져 있거나 누군가를 사랑하고 있다고 생각할 때, 당신은 '그래, 바로 이 사람이야! 나는 드디어 내게 어울리는 사람을 찾았어'라고 생각하기 쉽습니다. 사실은 당신이 맺고 있는 그 모든 낭만적인 관계는 단 한 가지 관계를 제외하고는 결국 언젠가는 끝나게 됩니다. 계속 유지될 수 있는 관계란 결혼에 이르는 관계입니다. 만일 당신이 당신의 귀한 순결을 결혼 관계와 무관한 사람에게 준다면 당신은 매우 후회하게 될 것입니다.

그렇다면 당신의 '오직 하나뿐인 그 사람'을 언제 만나게 될지 어떻게 알 수 있을까요? 사실 처음부터 확실히 알 수는 없습니다. 그러므로 적합한 사람을 만날 때까지는 자신을 지키겠다는 결심을 당신의 마음에 확고히 해 두는 것이 최선의 방법입니다. 그 적합한 사람이란 당신이 결혼할 사람이고, 그 적절한 때란 결혼식 날 밤입니다.

"그렇지만, 내 친구들은 성관계를 자유롭게 가지고 있는데요?"라고 당신은 말할지도 모릅니다. 설사 당신의 모든 친구가 그렇게 한다 해도 그것은 옳은 일이 아닙니다. 그렇게 한 대부분의 친구들은 솔직히 죄의식을 느끼거나 '이용당했다'고 느낍니다. 참으로 안타까운 것은 당신이 누군가에게 자신의 순결을 주었다면 이젠 그것이 사라져 버렸다는 것입니다. 당신은 그것을 되돌릴 수 없습니다.

어떤 여자들이 계속 순결을 지키고 있는 17세의 소녀를 비참하게 만들려 하고 있었습니다. 그들은 그녀를 놀리고 비웃었으며, 그들과 같아질 것을 강요했습니다. 그러나 어느 날 그녀에게 적절한 대답이 떠올랐습니다.

"얘들아, 나는 내가 원하는 때에 언젠가 너희들처럼 될 수 있을 거야. 그러나 너희들은 결코 다시 나처럼은 될 수 없어."

비록 당신의 친구들이 성관계를 갖고 있을지라도 당신은 이에 상관없이 단호히 순결 지키기에 최대의 관심을 기울여야 한다는 것을 인식할 필요가 있습니다. 당신이 함께 살아가기를 원하는 사람을 만날 때에 당신이 그 사람에게 줄 수 있는 것 중 순결보다 더 좋은 선물이 있을까요? 값지고 의미 있는 다른 선물은 아무것도 없습니다. 이것은 청소년들 모두를 위한 진실입니다. 순결은 평생에 지속되는 단 한 가지 귀중한 선물입니다.

내 개인적인 이야기를 하나 할까요? 오래전에 나는 나의 신부와 함께 강대상 앞에 섰습니다. 그녀는 나에게 세상에서 가장 아름다운 여성이었고, 그녀는 아름다운 만큼 순수했습니다. 우리는 혼인 서약과 결혼반지를 교환했습니다. 그러나 우리는 서로에게 줄 훨씬 값진 선물을 가지고 있었습니다. 바로 우리들의 순결이었습니다. 그것은 아내가 나에게 지금까지 줄 수 있었던 것 중에 가장 감사해야 할 선물이었습니다. 그녀도 나에게 같은 말을 했습니다. '남자가 결혼 첫날밤에 그의 신부에게 줄 수 있는 가장 귀중한 선물은 그의 순결(동정)입니다.'

신부에게 "당신은 내게 너무도 소중한 존재입니다. 그리고 우리의 결혼도 너무도 소중하므로 나는 당신을 위해 내 자신을 지켰습니다"라고 말하는 남편에게 진심으로 감동하지 않을 신부가 있을까요!

요약하면 당신의 순결은 매우 귀중한 것입니다. 당신은 그것을 단 한 사람에게 그리고 단 한 번만 줄 수 있습니다. 적합한 사람과 적절한 때를 위해 순결을 간직하십시오. 그 적합한 사람은 당신과 결혼을 하는 사람이며, 그 적절한 시기는 당신의 결혼 첫날밤입니다.

당신이 순결을 지키기로 결심했든지, 이미 경험은 한 바 있으나 이제부터는 오직 결혼할 사람을 만날 때까지 마음의 순결을 지키고자 한다면, 여기 당신의 결심을 도와줄 방법이 하나 있습니다. 자그마한 황금색 열쇠 하나를 마련하십시오. 그 열쇠를 당신의 마음과 몸을 지키는 표징으로 간직하십시오. 당신과 결혼할 사람을 위해서 그것을 간직하십시오. 그리고 당신의 결혼 첫날밤에 그 열쇠를 그분에게 주십시오.

세 번째 진실 3

매력의 법칙

▎매력의 법칙

우리는 일반적으로 얻기 어려운 것에 대해서는 큰 매력을 느끼지만 쉽게 얻는 것은 사소하게 평가하는 경향이 있습니다.

인간의 본성에는 이상한 속성이 있습니다. 얻기 어려운 것에는 가치를 두고 소중히 여기는 반면 거의 노력하지 않거나 아무 대가 없이 얻은 것에 대해서는 보잘것없고 소홀하게 여깁니다.

16번째 생일(역자 주 - 만 16세, 미국에서는 이날부터 운전면허 시험에 합격하면 면허증을 교부받을 수 있게 된다)에 부모님으로부터 새 스포츠카를 선물 받은 부유한 가정의 소년은, 같은 날 3년 동안이나 열심히 아르바이트를 해서 저축한 결과로 자신의 차를 처음 갖게 된 소년보다 차를 귀중하게 여기지 않습니다. 자신이 피땀 흘려 번 돈으로 장만한 차에 대해 매력을 느끼는 것은 당연한 일입니다.

이러한 매력의 법칙은 청소년들의 남녀 관계에서도 적용됩니다. 당신은 얻기 어려운 상대에게 큰 매력을 느끼지만 당신이 쉽게 얻은 사람은 소홀하게 생각합니다.

캘리포니아에 키이스라는 부유한 젊은이가 살고 있었습니다. 그는 캐린이란 소녀에게 매료되어 그만 상사병까지 걸리고 말았습니다. 그는 그녀에게 청혼을 했지만, 그녀는 "나는 당신을 사랑하지 않아요. 뿐만 아니라 나는 결혼하기에는 너무 어려요"라고 대답했습니다.

그래서 키이스는 어떻게 했을까요? 그는 하루에 방값이 2백 달러가 넘는 근처 호텔에 투숙해 있으면서 많은 시간을 울며 보냈습니다. 그리고 그는 캐린의 마음을 바꾸어 자신의 아내로 삼기 위해 2만 달러의 돈을 소비했습니다.

그녀를 향한 그의 애정을 보여 주기 위해 그녀가 원할 때면 언제든지 탈 수 있도록 공항에 비상용 리어 제트기도 대기시켜 놓았습니다. 그리고 그는 그녀의 집으로 수차례에 걸쳐 모두 4천 송이나 되는 꽃다발들을 보냈습니다. 그녀의 집 밖에는 미니바(역자 주 - mini bar, 칵테일 만드는 곳)와 텔레비전이 구비되어 있는 리무진을 대기시켰습니다. 그는 그녀에게 세레나데를 불러 줄 악단을 보냈고, 아울러 멋진 음식과 캔디 그리고 향수도 보냈습니다. 뿐만 아니라 그는 사람들을 시켜 "키이스는 캐린을 사랑한다!"고 쓴 피켓을 들고 그녀의 집 주위를 배회하게 했습니다.

이 모든 일에 캐린은 뭐라고 말했을까요? 그녀는 "싫어요" 한마디로 단호히 끝냈습니다! 그녀는 그를 사랑하지 않았으며, 그녀를 신부로 삼기 위해 애쓰는 과정에서 스스로를 비굴하게 만들고 있는 그 청년에게 도무지 매력을 느끼지 못했던 것입니다.

이 이야기가 주는 교훈은 이성을 과도하게 쫓아다니지 말라는 것입니다. 당신이 그렇게 할 때 당신의 고상함과 자존심은 없어지고 상대방의 눈에 당신의 가치가 떨어져 보입니다. 상대방이 남자든 여자든 간에 내가 열심히 쫓아다닐수록 그 사람은 반대 방향으로 가능한 열심히 도망갈 것입니다.

어떤 소녀가 한 소년에게 너무나 매력을 느낀 나머지 소년을 향한 자신의 진정한 사랑을 증명해 보여 줄 수 있다면 너무나 기쁠 것이라고 생각하며 소년에게 전화를 걸고 편지를 씁니다. 그런데 만약 소년이 괜찮은 청년이라면 그렇게 자존심이 결여된 소녀에게는 아무런 매력도 느끼지 못할 것입니다.

매력의 법칙은 만남의 시작에서 뿐만 아니라 지속적인 관계를 유지하는 데에도 적용됩니다. 많은 여자들은 남자들이 그렇게 애원하며 요구하는 대로 응해 준 후에 도리어 남자에게 왜 버림을 받는지 그 이유를 결코 이해할 수 없을 것입니다. 이에 대해서는 두 가지 이유가 있습니다.

첫째, 남자들은 이성을 쫓아다닐 때 스릴을 느낀다는 것입니다. 학교 사물함에서 책가방을 정리하던 남학생은 친구에게 말합니다. "어젯밤에 여자애랑 늦게까지 했냐?"

그렇지만 한 번의 '정복'이 있은 후 그렇게 여자를 따라다니던 남자는 다음 도전할 상대에게 옮겨갈 준비를 합니다. 그는 자기가 떠난 뒤에 여자가 받을 마음의 상처 따위에는 전혀 신경을 쓰지 않습니다. 불쌍한 여자는 뒤에 남아 자신이 할 수 있는 최선의 방법을 다 동원해서 그녀의 부서진 삶의 조각들을 주워 모으며 지내게 됩니다. 대부분의 남자가 다 이렇게 냉정하지는 않습니다.

둘째, 그녀에 대한 그의 존경심이 사라져 버렸기 때문입니다. 바로 '매력의 법칙'이 작용된 것입니다. 쉽게 얻은 것이 그에게 '값싼' 것으로 여겨집니다. 따라서 그는 쉽게 얻을 수 없는 또 다른 소녀에게 새로운 매력을 느끼게 됩니다.

많은 청소년들의 데이트 관계가 깨지는 이유는 서로 상대를 숨 쉴 틈도 안 줄 만큼 쫓아다녀서 스스로 값싸게 느껴지도록 만들기 때문입니다. 대개 사랑에 빠지면 한 사람은 상대방을 소유하려고 애씁니다. 그래서 소녀는 남자친구가 그의 모든 여가 시간을 자신과 함께 보내기를 원합니다. 그리고 그의 모든 시간 사용과 일에 대해 자세히 알기를 원합니다. 만일 남자친구가 자기 외에 다른 소녀를 쳐다보기라도 하면 소녀는 화를 내고 토라집니다. 이렇게 조이면 조일수록 소년은 소녀에 대한 매력을 잃고 그 속박으로부터 가능한 한 멀리 벗어나고자 할 것입니다.

미혼 남녀가 성관계로 맺어진 후 대개 그 관계가 깨지는 한 가지 이유는 여자 쪽에서 너무나 많은 것을 요구하기 때문입니다. 그녀는 '내 자신 전부를 너에게 주었으니까 너도 나에게 너의 전부를 주기 바래. 내가 너를 필요로 할 때 너는 내 곁에 있어야 하고, 나의 모든 필요를 충족시켜 주기를 원해'라고 생각합니다. 이것은 단순히 함께 어울리는 관계라기 보다 결혼 관계라고 생각하고 있는 것과 같습니다.

이것이 그 남자에게 어떤 반향을 일으킬까요? 그는 더 이상 그녀를 쫓아다니는 입장이 아닌 쫓기는 입장이 됩니다. 그는 마음속으로 "이 것은 너무해! 나는 그렇게 얽매이긴 싫어!"라고 말합니다. 그리고 가능한 한 멀리 떨어지려고 할 것입니다.

그러므로 당신은 너무 상대방을 졸졸 쫓아다니지 마십시오. 당신의 연인은 값비싸게 튕기는 다른 사람에게 매력을 느끼게 될 것입니다.

우리가 잘 아는 이 격언은 정말 정확한 말입니다. 만일 당신이 누군가를 진정으로 사랑한다면 그를 자유롭게 놓아주라. 만일 그가 당신에게로 돌아오면 그는 당신의 사람이다. 그러나 다시 돌아오지 않는다면 그는 결코 당신의 사람이 아닌 것이다.

요약하면 사람들은 얻기 어려운 것에는 가치를 두지만, 쉽게 얻은 것은 사소하게 생각하는 속성이 있습니다. 청소년의 남녀 관계에 있어서 당신은 접근하기 어려운 사람에게 매력을 느끼게 되고, 당신을 쫓아다니는 사람에게서는 달아나 버리려고 합니다. 그러므로 상대방을 너무 쫓아다니다가 스스로의 매력을 잃어버리지 마십시오!

첫 경험에 대한 솔직한 고백

친애하는 앤 선생님께.

저는 18세이며 워싱턴 시에 있는 유명한 사립 여자고등학교에 다니는 2학년 여학생입니다. 여기에 있는 학생들처럼 저도 벌써 순결을 잃었습니다. 대부분의 사람들은 이 문제를 매우 개인적인 프라이버시로 생각하여 공개하기를 싫어합니다. 그러나 저는 처음으로 성관계를 가질 것인지 말 것인지 고민하는 또래의 소녀들을 위해 이 문제의 실상을 알려야 할 필요성을 느껴서 이 편지를 쓰게 되었습니다.

저는 여러 해 동안 당신의 칼럼을 읽어 왔지만 이 문제에 대해 솔직하게—거짓 없이 진실하게—다룬 칼럼을 읽어본 적이 없었습니다. 그래서 저는 누군가가 거리낌 없이 말해야 할 때라고 생각했습니다.

소녀들이여, 이 문제에 대한 저의 충고를 들어보세요. 성관계는 영화에서 본 것 같은 뜨겁게 타오르는 내용의 대사나 장면과 똑같지 않았습니다.

그것은 '그렇게 대단한 것'이 아니었습니다. 사실 꽤나 실망을 줍니다. 저는 기다렸어야 했어요. 그리고 성관계가 이처럼 후회스러운 것임을 미리 알았어야 했어요. 그 사실을 전혀 몰랐던 것이 지금 정말 안타까워요.

제가 사실 그다지 좋아하지도 않는 남자와 첫 번째 성관계를 가진 것을 지금 정말 후회합니다. 여전히 그 문제의 소년과 사귀고 있습니다. 나는 이 관계를 끝내고 다른 사람과 데이트를 하고 싶습니다. 그렇지만 그렇게 깊은 성관계를 맺은 후 우리 관계는 정말 끔찍하게 힘들어졌습니다.

그 첫날밤 이후 데이트를 할 때마다 우리가 마치 결혼이나 한 사람들처럼 그는 성관계를 원했습니다. 우리들의 모든 관계가 잠자리로 연결되는 것처럼 느껴졌습니다. 제가 성관계를 거부할 때마다 우리는 심하게 다투었습니다. 제가 마치 그에게 빚을 진 것처럼 그는 노골적으로 성관계를 요구해 왔습니다. 저는 이 소년이 저를 사랑하고 있다고 생각지 않습니다. 그는 사랑한다는 말을 한 번도 한 적이 없습니다. 저 역시도 그를 사랑하고 있지 않다는 것을 알고 있습니다. 이런 사실이 나 자신을 천하게 느껴지게 합니다.

저는 이제 여자의 인생에 있어서 첫경험이 매우 중대한 사건이라는 것을 깨달았습니다. 여러분도 첫경험을 하고 나면 모든 사물들이 결코 예전과 같게 보이지는 않을 것입니다. 그것은 여러분 일생의 모든 것을 송두리째 바꾸어 놓을 것입니다.

제가 드리고 싶은 충고는 너무 서두르지 말라는 것입니다. 그것은 고통이며 걱정거리입니다.(내가 혹시 임신이라도 되면 어쩌나?) 성은 단지 즐기기 위한 것은 아닙니다. 그것은 서로에 대한 헌신과 사랑이 있어야 합니다.

여러분이 앞으로 남은 인생 동안 함께 하기를 원치 않는 사람에 대해서는 현명하게 대처하십시오. 그래서 자신을 철저히 지키십시오.

내가 그렇지 못해서 유감이며,
순결을 다시 찾을 수만 있으면 하고 바라는 소녀로부터.

네 번째 진실 4

자아상의 법칙

마음속으로 자신을 어떻게 바라보느냐에 따라
자신의 모습이 좌우됩니다

　스스로 '자신에 대해 어떻게 생각하는가'는 매우 중요합니다. 그것이 당신을 행복하게 만들기도 불행하게 만들기도 합니다. 그리고 그것은 다른 사람과 사이좋게 잘 어울려 지내게도 하며, 반대로 사람들과 떨어져서 혼자 고독하게 살게도 합니다.

　인간의 행동에 대해 연구하는 학자들은 말합니다. "인간은 자신을 바라보는 내면의 시각에 의해 지배를 받는다." 다시 말하면 당신이 마음속으로 자신에 대해 생각하는 바를 그대로 행동에 옮기게 된다는 것입니다. 당신이 자신에 대해 무가치한 존재로 바라본다면, 당신은 어김없이 방종한 행동을 할 것입니다. 반면에 당신이 자신을 고상하고 소중한 존재로 생각하면, 당신은 스스로 고상한 행동을 할 것입니다.

　우리 모두는 과거에 경험한 '비난들'을 결코 잊지 못합니다. 만약 누군가가 당신과 말다툼하다가 "너는 공부도, 음악도, 운동도, 다른 어느 하나도 제대로 하지 못하는 멍청이야!"라고 말하면 그 말이 즉각 우리의 기억 속으로 입력되어 지워지지 않습니다.

　당신은 학교에 다니기 시작하면서 자신의 외모를 의식하게 됩니다. 더군다나 학창시절에 신체와 외모는 당신에게 점점 더 중요하게 여겨집니다.

당신은 스스로 가능한 한 자신의 모든 '결점들'을 발견하기 시작합니다. 만약 당신에게 무엇인가 특이한 점이 있기라도 하면 학우들은 그것을 꼬집어서 놀리며 무척 즐거워할 것입니다. 예를 들어 당신이 다른 사람들보다 키가 작으면 '땅딸보'나 '땅꼬마'라고 놀림을 받았을 것입니다. 귀가 다른 사람들보다 좀 더 튀어 나왔다면 '당나귀 귀'라고 불렸을 것입니다. 혹은 덩치가 큰 소녀였다면 '고릴라'라는 별명을 갖게 되었을 것입니다.

이 모든 것의 결과로 당신은 부정적이며 구겨진 자아상을 갖게 될 것입니다. 그렇지 않더라도 우리는 항상 자신에 대해 긍정적이기보다는 부정적인 자화상을 갖기 쉽습니다. 우리는 종종 자신을 잘못된 방식으로 바라보는 데 익숙해져 있습니다. 어떤 소년은 잘생긴 외모와 좋은 성격을 갖고 있는데도 응원 단장으로 뽑히지 않았다고 해서 자신이 보잘것없는 아이라고 생각합니다. 어떤 소년은 여러 면으로 많은 부러움을 사고 있으면서도 자신이 유명 선수가 아니라고 해서 자신을 초라하게 생각합니다.

종종 젊은 여성들에게 식욕 부진이라 불리는 성격 장애 현상이 나타납니다. 실제로 정상 체중에서 초과된 상태도 아닌데, 그들은 자신을 뚱뚱하다고 생각합니다. 그리고 체중을 감량해야 한다는 망상에 집착하게 됩니다. 그 결과 음식을 싫어하게 되고, 심지어 아예 아무것도 먹지 않는 거식증 지경에까지 이르기도 합니다. 그로 인해 건강을 잃고 그들의 신체가 영구적인 손상을 입은 상태가 됩니다. 가끔 그 일로 인해 죽음을 선택하기도 합니다. 이러한 비극은 모두 자신이 뚱뚱하다는 잘못된 생각에서 비롯된 것입니다.

그러나 어떤 생각이 잘못된 것이든 올바른 것이든 간에, 만약 우리가 그 생각을 믿고 인정한다면—긍정적 또는 부정적인 자화상을 가지면—우리는 그것에 의해 지배당하게 됩니다. 많은 젊은이들은 자신의 가치를 낮게 생각합니다. 만일 우리가 그들의 마음속에 있는 생각들을 귀로 들을 수 있다면 다음과 같은 말이 들릴 것입니다.

'나는 아무 가치도 없는 아이야. 아무도 나를 좋아하지 않아. 그건 엄연한 사실이야. 그들이 왜 그렇게 생각하지 않겠어? 당연하지. 나는 잘생긴 것도 아니고, 그렇다고 똑똑한 것도 아니니까. 나는 돈도 많지 않아. 그저 평범하고 무가치할 뿐이야.'

자신이 무가치하다는 부정적인 자화상 때문에 젊은이들은 그들 또래 친구들로부터 칭찬과 용납을 갈망하게 됩니다. 그래서 그들은 사랑받고 인정받기 위해서는 거의 무슨 일이든지 다 하려고 합니다.

십대들이 쉽게 성적인 유혹에 빠져드는 가장 큰 이유도 바로 누군가로부터 사랑받고 싶고 그런 인정을 받고 싶어하는 욕구 때문입니다. 자신이 스스로 별로 소중한 사람이 아니라고 생각하는, 즉 부정적인 자화상 또는 자존감이 낮은 소녀는 자기에게 조금만 관심을 보이는 어떤 소년에게도 쉽게 자기 몸을 만지도록 내어주고 성적인 행동으로 이어지는 것을 허락합니다. 그녀는 누군가가 그녀를 꼭 껴안은 채 그녀가 소중하다고 말해 주기를 갈망합니다. 만일 그러한 것을 얻기 위해 성적인 접촉이 요구된다면 그녀는 마지못해 응합니다. 그녀는 이렇게 말합니다. "만일 나의 순결을 잃는 것이 나를 사랑하는 남자 친구를 얻기 위해 치러야 할 대가라면, 나는 그것을 감수해야만 할 거야."

그녀는 자신이 그토록 소원하는 것—남자 친구에게 사랑과 관심을 얻는 것—을 이루기 위해 성적 접촉을 자신이 지닌 좋은 수단(무기)으로 생각합니다. 그리고 소년이 치켜세워 주듯이, 나 자신이 그만큼 남에게 소중한 사람이라는 생각을 갖게 하는 최고의 방법처럼 보입니다.

그러나 비극적인 것은 청소년기에 성적으로 맺어진 관계는 영원히 지속되는 것이 아니라 생각보다 훨씬 빨리 끝나고 만다는 사실입니다. 이제 그 소녀는 소년으로부터 거절당하고, 자신은 한없이 쓸모없고 비천한 사람이라는 느낌을 갖게 됩니다. 그나마 자기 속에 남아 있던, 그래도 자신은 아직 괜찮은 소녀라는 소박한 자존심마저 깡그리 부서져 없어지고 맙니다. 결국 소녀는 자신이 원하는 것을 갖기는커녕 기나긴 쓰라림의 인생을 시작하게 되는 것입니다. 마치 이브가 하나님의 명을 어기고 손대어서는 안 될 금단의 열매(선악과)를 따먹고 나서 에덴동산에서 쫓겨났을 때처럼, 이제부터 소녀는 처참한 고통의 삶을 살게 되는 것입니다.

당신의 자아상은 당신이 자신을 얼마나 존중하는지 그리고 다른 사람들이 당신을 얼마만큼 존중하는지에 지대한 영향을 끼칩니다. 스스로 고상한 사람이라는 긍정적인 자화상을 가지고 자존심을 지키고 살면, 당신은 실제로 고상하게 행동하게 되고 남들에게도 존경을 받습니다. 아무도 당신을 '천박한 사람'으로 여기지 않을 것입니다. 그러나 당신은 자신을 스스로 천박한 사람으로 만들 수도 있습니다.

백화점 내의 복도에는 임시로 만들어 놓은 할인 가판대가 있습니다. 그곳에 진열된 상품은 매우 값싸며, 구경하는 사람들은 그 상품들을 아무렇게나 만질 수 있습니다. 그런데 당신은 스스로 그 할인 가판대에 진열된 값싼 물건처럼 취급을 받을 수 있습니다. 다른 사람이 당신을 그 할인 가판대에 데려다 두었기 때문은 결코 아닙니다. 바로 소년들이 당신의 몸을 마음 놓고 만지도록 허락함으로써 당신 스스로를 그곳에 두게 된 것입니다.

자아상의 법칙은 만일 당신이 스스로를 있는 그대로—소중하고 순결한 사람으로—보기만 한다면 분명히 효과를 나타낼 것입니다. 모든 인간은 태어날 때부터 소중하고 순결한 존재입니다.

오후 늦게 산에서 내려오고 있는 사람들을 생각해 보십시오. 그런데 그들 중 어느 부부는 서로 대화에 열중하다 갑자기 다섯 살 난 여자아이를 잃어버린 것을 발견했습니다. 날은 이미 어두워지고 있었습니다.

경보가 울렸습니다. "아이를 잃어버렸어요!" 즉시 모든 사람들이 아이를 찾기 시작했습니다. 긴급구조대는 더 많은 구조대원들을 지원해 줄 것을 본부에 요청했습니다. 그리고 등산객 중에서 자원한 사람들을 중심으로 임시구조대가 편성되었습니다. 다섯 살 꼬마 아이를 찾기 위해 곧 수백 명의 사람들이 산을 샅샅이 뒤졌습니다. 그 구조 활동은 밤늦게까지 계속되었습니다. 이처럼 수백 명의 사람들이 수고와 비용을 아끼지 않고 구조 활동을 벌인 것은 한 생명이 말할 수 없이 소중한 존재이기 때문입니다.

아이는 30파운드 밖에 되지 않는 어린아이입니다. 그런데 왜 이 작은 여자아이가 그처럼 소중한 존재일까요? 그녀는 살아 있는 사람이기 때문입니다. 그녀는 웃을 수 있고 사랑할 수 있으며 사랑받을 수도 있습니다. 그녀는 매우 귀중한 인간입니다.

우리가 가치를 두는 모든 것도—사업, 성공, 돈, 권력, 매혹적인 아름다움과 명예—인간 한 사람이 지닌 가치와 소중함에 비교하면 덜 소중한 것입니다. 이 세상에 어떠한 것도 한 사람의 생명보다 더 소중한 것은 없습니다.

당신 자신의 소중함은 물론 다른 사람들의 소중함을 정확히 인식하기 시작할 때 즉 올바르고 긍정적인 자화상을 가질 때, 당신이 다른 사람들을 대하는 태도에 영향을 끼치게 됩니다.

소년들이여, 여러분이 교제하고 있는 소녀는 단지 여러분에게 쾌락을 주고 성적 욕구를 충족시켜 주는 그리고 그후 싫증날 때 가차 없이 팽개치는 성적 유희 대상이 결코 아닙니다. 그녀는 대단히 소중한 사람입니다. 그녀는 아이와 똑같이 모든 사람이 소중히 여기는 매우 귀중한 존재입니다. 여러분은 이 사실을 반드시 명심해야 합니다.

그리고 소녀들이여, 여러분은 어떤 소년들이 당신에 대해 생각하는 것보다 훨씬 더 귀중한 사람입니다.

요약하면 우리는 스스로 마음속으로 생각하는 방식에 의해 지배됩니다. 우리가 고상한 자화상을 가지면 고상하게 반대로 천한 자화상을 가지면 천하게 행동합니다. 이제 당신 자신을 있는 그대로 보기 시작하십시오. 당신의 존재가-그 여자아이와 같이-매우 소중하다는 것은 절대 과장이 아닙니다. 그러므로 지금부터 당신이 매우 귀중하다는 사실을 굳게 믿으십시오. 이 사실을 그대로 받아들이고 매일 살아가십시오. 당신은 지금부터 고상한 자존심을 지닌 사람입니다.

다섯 번째 진실 5

차이점의 법칙

▌차이점의 법칙

소년과 소녀들이 사랑에 대해 생각하는 방식에는 근본적인 차이점이 있습니다. 소년과 소녀들은 여러 가지 면에서 서로 다릅니다. 그들은 신체 구조에서 뚜렷이 나타나는 외관상 차이뿐 아니라 여러 가지 다른 점이 있습니다.

소년과 소녀 간에 한 가지 근본적인 차이점은 그들이 사랑에 대해 생각하는 방식입니다. 소녀는 낭만이란 개념으로 사랑을 생각합니다. 그녀는 소년이 자기를 따뜻하게 사랑해주고 소중히 아껴주며 속삭이듯 대화하기를 원합니다. 자기의 말을 차분히 들어주며 자기를 높이 받들어 주기를 원합니다. 그녀는 진정 낭만적인 사랑과 보호, 편안함을 원합니다. 그러나 소년은 이와는 다른 방식으로 생각합니다. 그는 사랑을 보다 성적인 것과 연결시켜 생각합니다. 그의 관심의 초점은 소녀의 육체에 있습니다. 그는 소녀들처럼 낭만적인 사랑을 꿈꾸지 않습니다. 소녀와의 교제에서 그의 관심이 많은 부분은 성적인 것에 있습니다.

여기에는 그만한 이유가 있습니다. 소년에게 있어서 성적인 욕구가 최고조에 달하는 시기는 보통 십대 후반입니다. 이때 그의 성호르몬은 과도하게 분비됩니다. 이것이 소년들에게 사랑보다 성적인 것으로 더 많이 생각하게 만듭니다. 그러나 그의 성적인 욕구는 엄밀히 말해서 진정한 사랑에 대한 증거가 결코 아닙니다.

소녀들이여, 이 말을 한 번 소리 내어 따라 읽거나 종이에 적어 보십시오.

"어떤 소년이 나와 성관계를 하기 원한다고 해서 그것이 반드시 나를 사랑하기 때문은 아니다!"

소녀들은 소년들에게 접근하기 어려운 상대가 되기를 싫어합니다. 그렇지만 소년들이 당신의 몸을 만지고 싶어하거나 성관계를 갖고 싶다고 고백하는 말을 들을 때 너무 흥분하지 않기를 바랍니다. 소년들은 보통 치마만 둘렀다고 여겨지면 그 누구라도 성적인 유희 대상으로 삼을 수 있기 때문입니다. 그러므로 그 고백이 진정한 사랑의 고백이 아니라는 사실에 유의해야 할 필요가 있습니다.

여성의 성적 욕구가 최고조에 이르는 시기는 남성보다 훨씬 뒤에 찾아옵니다. 그것은 대체로 20대 후반에서부터 30대 후반까지 사람에 따라 차이가 있습니다. 그래서 십대들이 이성 교제를 할 때 소녀들은 대체적으로 성관계에 대해 생각지 않습니다. 그리고 소녀들은 낭만적인 사랑을 꿈꿉니다. 달빛 속을 같이 걸으면서 장미꽃 한 송이를 선물 받는 상상만으로도 소녀는 충분히 가슴 부풉니다.

많은 십대 청소년들은 그들이 교제를 처음 시작할 때 앞으로 무슨 일이 벌어질지 알지 못합니다. 그들은 처음에는 모든 것이 다 좋게만 보입니다. 그러나 조금만 지나면 이제 그들 사이에 오해가 생기고 다툼이 일어납니다. 그 이유는 위에서 말씀드린 대로 서로의 생각이 완전히 다르며 이성 교제에 대한 접근 방식이 서로 다르기 때문입니다.

이에 대해 M. 캘더린 박사는 다음과 같이 말합니다. "소녀가 성관계를 할 때, 그녀가 진정으로 원하는 것은 낭만적인 '사랑'이다. 낭만적인 사랑을 얻기 위해서 성관계를 불사할 수 있다. 그러나 그것은 그녀가 성숙한 성관계를 할 만큼 성인이 되지 못했다는 증거이다. 반대로 소년이 사랑을 할 때, 그가 진정으로 바라는 것은 '성관계'이다. 그것 역시 소년이 아직 성숙하고 책임감 있는 '사랑'을 할 만큼 충분히 성장하지 못했다는 증거이다."

소녀는 성관계를 가질 마음의 준비가 되어 있지 않습니다 그녀가 진정으로 원하는 것은 낭만적인 사랑이기 때문입니다

소녀가 진정으로 원하는 것은 사랑입니다. 그녀는 누군가가 자기를 포근히 껴안아 주고, 자기가 가장 소중하다고 말해 주기를 원합니다. 그녀는 자기를 소중하게 대해 줄 헌신적인 남자친구를 원합니다. 다정한 대화를 나누며 인생에 대해 함께 이야기하고 생각해 보며, 곁에서 자기를 보호해 줄 믿음직스런 남자를 바라고 있습니다. 그녀의

'사랑'에 대한 욕구는 충분히 성숙되어 있습니다.

그러나 그녀의 '성적인 욕구'는 아직 원숙하지 못합니다. 그녀는 성관계를 열망할 만큼 마음의 준비가 아직 되어 있지 않으며, 그것에 수반되어 나타날 모든 위험과 부작용들—임신과 성병 등—에 대해 대처할 준비도 아직 되어 있지 않습니다.

십대들의 성관계에서 더 큰 상처를 입게 되는 사람은 소녀 쪽임을 그들은 잘 알고 있습니다. 실제로 소녀는 소년보다 더 많은 것을 잃게 됩니다. 그러나 그녀는 자기의 남자친구를 잃는 것을 원치 않습니다. 그래서 소녀는 자신이 원하고 바라는 사랑을 얻기 위해 '성관계'를 허락하기도 합니다. 그렇지만 소년은 아직 진실하고도 책임감 있는 '사랑'을 할 준비가 되어 있지 않습니다. 그는 정신적 경제적 사회적으로 한 소녀의 일생을 책임지고 헌신할 준비가 아직 되어 있지 않습니다. 남편과 아버지로서 책임을 다하는 것은 말처럼 쉬운 일이 아닙니다. 하지만 그의 '성적인 욕구'는 충분히 성숙되어 있습니다. 18세나 19세에 그는 아주 강렬한 성적 욕구를 느낍니다. 때문에 결혼할 때까지 기다리기를 원치 않습니다. 이것은 무엇을 뜻하는 것일까요? 그는 소녀를 필요로 하는 것입니다. 그는 소녀의 몸을 만지고 포옹하기를 원합니다. 그리고 더 깊은 성적인 관계를 원합니다.

그러면 그 소년은 어떻게 행동할까요? 그는 자기가 진정으로 원하는 것을 얻기 위해 이성 교제를 시작합니다. 그리고 여자 친구에게 사랑한다는 말을 합니다. 그리고 소녀가 듣고 싶어 하는 말을 속삭여 줍니다. 그렇게 함으로써 자신이 원하는 성관계를 갖기 위해 최선을 다합니다. 소년의 진심을 의심하는 것은 아니지만, 그의 애정의 초점은 생리적으로 성관계에 있습니다. 소년도 자신이 스스로 한 소녀를 진정으로 사랑한다고 생각할지 모릅니다. 그러나 객관적으로 판단하면 그는 진정한 사랑을 할 나이가 되지 못했습니다. 자신의 욕구만 채울 것을 생각하는 자신이 얼마나 이기적인가를 아직 전혀 깨닫지 못합니다.

만약 소녀가 주의하지 않는다면 상황은 순식간에 미처 손쓸 수 없게 되어 버립니다. 소녀가 한 걸음만 양보하면, 소년은 완강한 힘으로 열 걸음 소녀에게로 밀어닥칩니다. 그리고 완강히 그녀를 끌어안습니다. 얼마 후 소녀는, 성적으로 흥분되어 오직 성적인 것만 요구하는 소년을 어떻게 대해야 할지 몰라 무척 당황하게 됩니다.

데비라는 소녀가 랠리라는 소년과 데이트하는 장면을 한번 생각해 봅시다. 그들은 한적하고 인적이 드문 장소에서 잠시 동안 이야기를 나눕니다. 그때 랠리는 데비에게 강한 성충동을 느끼기 시작했습니다. 랠리는 자기가 데비를 얼마나 사랑하는지를 그리고 얼마나 그녀를 원하는지를 고백했습니다. 그는 곧 숨결이 거칠어졌으며, 손으로 데비의 몸을 더듬거리기 시작했습니다. 데비는 랠리가 지금 원하는 것이 무엇인지 잘 알고 있습니다.

소년은 참다운 사랑을 할 준비가 되어 있지 않습니다
그가 진정으로 원하는 것은 성관계이기 때문입니다

만일 데비가 좀 더 주의를 기울이지 않으면, 그녀는 마음속으로 이렇게 잘못 생각할 수 있습니다. '랠리는 지금 나와 성관계를 갖기 원해, 나라면 내가 정말로 사랑하지 않는 상대와 성관계를 가지고 싶겠어? 그러니까 랠리가 나를 진심으로 사랑하는 것이 분명해!'

"잠깐! 안 돼요, 데비! 그런 생각에 휩쓸리지 마세요. 성적 욕구, 다시 말해서 성충동 그 자체는 진정한 사랑을 하고 있다는 참된 증거가 아닙니다. 그러므로 데비는 스스로 흥분된 감정을 억제하는 것이 바람직한 태도입니다!"

대부분 소년들은 소녀들에게 진정으로 사랑한다고 설득력 있게 고백해야 비로소 소녀들이 성적인 교제를 허락한다는 것을 잘 알고 있습니다. 그래서 랠리는 진심 어린 눈망울로 고백합니다.

"데비, 나는 너를 정말 사랑해. 그리고 언젠가 우리는 결혼하게 될 거야. 너에 대한 나의 뜨거운 사랑을 표현하고 싶어. 그러니 나를 믿어 줘."

이것이 사랑일까요? 아니요, 결코 그렇지 않습니다. 진실한 사랑의 기준은 '이타적'(소녀의 장래를 생각해 주며, 그녀의 소중한 순결을 보호해 주는 것)이며, '헌신적'(오직 한 여자만 일평생 책임지고 사랑하는 것)인 것입니다. 이 두 가지 특성을 상실할 때, 그것은 진정한 사랑이 아닙니다. 랠리의 강한 성적 욕구는 진정한 사랑을 나타내는 것이 아닙니다. 그것은 단지 그의 성적 충동일 뿐입니다. 만약 그가 진정으로 데비를 사랑했다면, 그녀에게 가장 좋은 것—결혼 전까지 그녀의 순결을 지켜 주는 것—을 원했어야 합니다. 순간적으로 자기의 쾌락을 채우기 위해 소녀를 희생시켜서 만족을 얻고자 한다면 그것은 진정한 사랑이 결코 아닙니다.

소녀들이여, 남자친구가 매우 흥분하여 당신을 너무나도 사랑한다고 고백할 때, 당신은 그에게 이런 사실을 자세히 설명해 줄 필요가 있습니다. 그를 잠깐 밀어뜨리고는 약간의 거리를 유지한 채 이렇게 말하십시오.

"너는 지금 나를 진정으로 사랑하는 게 아니야. 다만 성적 충동을 참지 못하고 있을 뿐이야!"

한 쌍의 남녀가 성적 교제를 하다가, 후에 그 관계가 깨어지게 될 때 더 큰 피해를 보는 쪽은 소녀입니다. 설령 임신이 되지 않았다 하더라도, 깨진 관계는 소녀에게 정신적 육체적으로 더욱 큰 고통을 줍니다. 소년은 그가 원했던 쾌락을 얻었지만, 소녀는 그녀가 원했던 사랑을 얻지 못했기 때문입니다. 그녀는 철저히 이용당한 후에 배신당했다는 느낌을 떨쳐 버릴 수 없습니다.

소년들 쪽에서 보면 종종 소년을 유혹하는 적극적인 소녀들도 있는 것이 사실입니다. 몇몇 소녀들은 자존심이 거의 없거나 아예 상실되어 있어서, 소년을 차지하려는 욕심에 수단과 방법을 가리지 않습니다. 아래의 편지는 어느 학부형이 일간 신문 칼럼에 공개한 사례입니다.

……(중략)……

저는 물론 남자 친구의 강요에 의해 성관계를 가진 소녀들이 아직 어리고 어리석기 때문에 잘못된 선택을 했다고 생각합니다. 사실 세상에는 여학생들을 울리는 못된 남학생들이 많이 있습니다. 그러나 그것보다 더 기막힌 사연이 있습니다.

나는 세 아들을 둔 엄마입니다. 나의 아들들은 14살, 15살에 여학생들로부터 연애편지를 받기 시작했습니다. 그 편지에 소녀들은 "자신의 사랑이 진실 됨을 보여 주기 위해서는" 기꺼이 무엇이라도 허락하겠다는 솔직한 고백을 털어놓았습니다.

맏이가 그런 편지를 받았을 때 나는 엄마로서 충격을 받았습니다. 그런데 셋째 아이가 15살이 되어서 또 그런 편지를 받게 되었을 때 나는 이제 이런 일에 익숙해져 버렸는지 전혀 놀라지 않게 되었습니다.

사내아이를 둔 어떤 엄마로부터

요약하면 청소년들이 사랑을 생각하는 방식에는 차이점이 있습니다. 소녀는 누군가가 자기를 꼭 껴안아 주고, 자기가 소중하다고 말해 주는 낭만적인 사랑을 원합니다. 그러나 소년은 사랑을 보다 성적인 것으로 생각합니다. 여러분은 이 차이점을 꼭 명심해야 할 것입니다.

여섯 번째 진실 6

진전의 법칙

▌진전의 법칙

여러분이 자칫 아주 멋지다고 생각하기 쉬운 성적 교제는 점진적으로 발전되는 특성이 있습니다. 몇몇 그릇된 영웅 심리에 휩싸인 십대들은 자신들의 옳지 않은 성경험에 대해 자랑스럽게 이야기하기도 합니다. 어떤 소년은 아주 오래도록 사귄 절친한 친구로부터 잘못된 성경험의 '기록'을 자랑삼아 강조하는 말을 듣기도 합니다.

몇몇 소녀들은 이미 성을 경험한 친구들을 따라 하기를 원합니다. 그래서 그들은 자신의 순결을 포기하기로 결심하는 어리석은 생각에 빠지게 됩니다. 그러나 여러분은 이성이 있으므로 친구들에게 "갈 데까지 가 보라"고 말하지는 않을 것입니다. 대부분 청소년들도 여러분과 같이 올바른 분별력이 있습니다.

그런데 보통의 청소년들은 성관계를 가질 마음이 조금도 없으면서도 결국에는 갈 데까지 가고 맙니다. 왜 그럴까요? 그것은 그들이 성관계에 있어서 '진전의 법칙'을 알지 못했으며 또한 그것에 미처 주의를 기울이지 않았기 때문입니다.

'진전의 법칙'이란 과연 어떤 것일까요? 그것은 소년과 소녀가 둘만의 시간을 보낼 때 한결같이 점점 더 깊은 육체적인 교제로 흐른다는 것입니다. 처음에는 사랑하는 사람과 함께 있는 것만으로도 행복하고 만족스럽지만, 점차 보다 친밀한 육체적인 접촉에 대한 욕구가 생긴다는 것입니다.

청소년 교제에서 첫 번째 육체적 접촉으로 대개 손을 잡습니다. 이 것은 미세한 흥분으로 느껴집니다. 데이트에서 서로 손을 잡는 것은 남녀 관계에서 처음으로 경험하는 육체적인 접촉이며 멋지다는 느낌 이 듭니다. 그런데 시간이 지날수록 좀 더 발전된 육체적 접촉에 대한 욕망이 생기게 됩니다. 소년은 그의 팔로 소녀를 감싸 안습니다. 그러 고 나서 첫 번째 키스를 하게 됩니다. 아마도 그것은 밤 인사(역자 주- 미국 사람들이 가까운 사이에 나누는 작별 인사) 정도의 가벼운 키스일 것 입니다. 이것이 소년에게 자극을 줄 수 있습니다. 그것은 이상하고도 묘한 느낌을 줍니다. 그러나 '진전의 법칙'이 계속 작용함으로써, 당신 이 지금 만족해하는 것(작별 키스)을 나중에는 전혀 만족스럽지 못한 상태로 몰아가 결국 마음에 불만족만 가득 쌓이게 할 것입니다.

이제 당신은 혼자 있을 때마다 그 다음 단계를 상상하게 됩니다. 다음 단계에 소년과 소녀는 '특별한 키스'를 경험합니다. 소위 '프렌치 키스'라고 하는, 입술을 열고서 오래도록 하는 입맞춤을 하게 됩니다. 당신은 이제 성적 욕구가 격동적으로 솟구치는 단계에 들어가고 있 습니다. 그래서 포옹하는 시간과 키스하는 시간이 점점 길어지게 됩니 다. 이제 좀 더 많은 시간을 함께 보내면서 더욱 발전된 육체적 접촉을 갖게 됩니다. 그때 '페팅(애무)'을 하게 됩니다. 이것은 손으로 상대방 을 만지는 행위입니다. 보통 옷으로 덮여 있는 부분들을 만지기 시작합니다.

페팅은 소년과 소녀 간에 즐거운 경험입니다. 그러나 그것이 강한 성적 욕구를 일으키기 때문에 대단히 위험합니다. 결혼생활에서 페팅은 부부가 성관계를 준비하는 예비 단계입니다. 하지만 당신은 그 순간에 자기가 아직 결혼하지 않은 사람이라는 사실을 깨닫지 못합니다. 너무 흥분해서 올바른 판단력을 잃어버립니다. 페팅은 성관계를 준비하라는 신호를 당신의 몸으로 계속 보냅니다.

많은 청소년들이 페팅을 하고 있으며 그들은 결국 성관계를 가질 마음이 없기 때문에 그것이 나쁘지 않다고 말합니다. 그러나 대부분의 사람들은 결코 그렇게 할 마음이 없었는데 결국 갈 데까지 가고 맙니다. 바로 '진전의 법칙'이 작용했기 때문입니다.

페팅은 더 깊은 페팅에 이르게 합니다. 소년과 소녀는 서로의 숨겨진 부분에 손을 대는 깊은 성적 관계에 이릅니다. 성적 열정은 더 크게 일어나고, 그들은 이성을 잃고 쾌락에 빠져 성관계를 갖게 됩니다. 그리하여 결혼을 위해 간직해야만 하는 그 소중한 순결을 무심결에 잃어버리고 맙니다. 돈으로 따질 수 없는 소중한 보석을 아무 사람에게 던져 주고 마는 것입니다.

한 번의 성관계로 그때까지 가져오던 방식의 교제가 끝나게 됩니다. 이제부터는 오직 육체적인 면이 그들을 압도합니다. 이후로 그들은 만날 때마다 성관계를 갖게 될 것입니다. 아직 어려서 거기에 수반

되는 위험이나 부작용들에 개의치 않고, 그들은 자꾸만 위험한 함정 속으로 자신도 모르게 빠져 들어갑니다.

'진전의 법칙'에 대처하는 가장 좋은 방법은 육체적인 면에 냉정하게 대응하는 것입니다. 첫 번째나 두 번째 데이트에 소년이 키스하는 것을 허락하는 소녀는 너무 빠르게 육체적 관계로 발전될 위험이 있습니다. 그녀는 약간 낭만적인 포옹과 키스로 멈추려 했을 것입니다. 그리고 그 정도의 관계를 지속하려고 했을지도 모릅니다. 그렇지만 '진전의 법칙'이 작용하기에 그 교제는 계속해서 더욱 깊은 육체적인 관계로 발전됩니다.

여러분은 이제 어떻게 처신하는 것이 지혜로운 행동인지 파악했을 것입니다. 아예 처음(입맞춤 단계)부터 단호히 거부해야 합니다. 그렇지 않으면 성관계의 과정은 계속 진전되어 나갈 것입니다.

요약하면 남녀의 육체적 접촉은 점진적으로 계속 발전되는 특성이 있습니다. 당신이 이것을 처음부터 거부하고 억제해야 할 것으로 생각하지 않는 한, 당신은 계속해서 더욱 깊은 육체적인 관계로 나아가게 된다는 사실을 명심해야 합니다.

일곱 번째 진실 **7**

뿌린 대로 거두는 법칙

▌뿌린 대로 거두는 법칙

모든 곡식은 뿌린 대로 거두게 됩니다. 농부들은 '뿌린 대로 거두는 법칙'을 잘 알고 있습니다. 옥수수를 심으면 옥수수를, 수박을 심으면 수박을 수확합니다. 그러나 이것은 비단 곡식만을 말하는 것은 아닙니다. 이 세상의 모든 것은 다 심은 대로 거두기 마련입니다.

청소년기는 나머지 인생의 성공이란 수확을 위해 노력과 성실이라는 씨앗을 심는 시기입니다. 그리고 가까운 미래에 심은 것을 거두게 될 것입니다. 그 결실은 우리가 뿌린 것과 반드시 일치하게 됩니다.

당신이 혼전에 성관계를 가진다면 부도덕의 씨앗을 뿌리는 것입니다. 얼마 후에 당신은 뿌린 대로 씁쓸한 수확을 하게 될 것입니다.

어떤 사람은 말합니다. "나는 뿌린 대로 거두는 법칙을 믿지 않아!" 그렇지만 당신이 믿든지 안 믿든지 간에 그 법칙은 작용하고 있습니다. 예를 들면 자연 과학에서 '중력의 법칙'이라 불리는 자연법칙이 있습니다. 당신은 그것을 믿지 않을 수 있습니다. 그러나 그것은 여전히 작용합니다. 만일 당신이 중력의 법칙을 무시한 채 십 층 건물 옥상에서 뛰어내린다면, 그 결과는 죽음입니다. 당신이 중력의 법칙을 믿든지 안 믿든지 간에 상관없이 그것은 오늘도 작용하고 있으며, '뿌린 대로 거두는 법칙'도 그것과 동일하게 반드시 작용합니다.

의도적으로든지 혹은 무의식적으로든지, 극장이나 텔레비전에서 방영되는 영화는 성적 문제에 대해 큰 거짓을 조장하는 잘못을 범하고 있습니다. 그 거짓이란 과연 무엇일까요? 그것은 바로 '혼전 성관계의 부도덕한 결과로 그 대가를 치러야만 하는 사람은 아무도 없다'는 듯이 성적인 문제를 미화해서 표현하는 것입니다.

낮에 방영되는 '소프 오페라*'에서는 성적 만남의 94퍼센트가 서로 결혼하지 않은 사람들의 관계였습니다. 매일 밤 당신은 TV나 유선 방송의 영화 속에서 사람들이 그들의 결혼 상대자가 아닌 다른 사람들과 침대 위에서 어울리는 것을 볼 것입니다. 그것은 매우 흥미롭게 보이고, 어떠한 나쁜 결과도 없는 것처럼 보입니다. 청소년들은 이런 장면을 보고 생각합니다. '이것이 성인의 생활양식이며, 또 그렇게 해도 무방하구나.' 그러나 그들은 사탄에게 속고 있습니다.

그러면 그 허구성이 어디에 있을까요? 영화에서는 멋지게 보이지만 실상은 그렇지 않습니다. 실제로 매일 3만 3천 명의 미국인들이 성병에 감염되고 있습니다. 그것은 엄연한 현실입니다. 그러나 당신은 지금까지 TV를 통해 부적절한 성관계로 성병에 걸린 사람을 누구라도 본 적이 있습니까? 당신은 아마 그런 일이 일어난다는 것조차 전혀 알지 못하고 있을 것입니다.

TV의 유선 방송 영화에서는 부적절한 성관계를 가지고 난 후에도

---

* soap opera. 미국에서 〈제너럴 호스피탈General Hospital〉이나 〈가이딩 라잇Guiding Light〉처럼 낮에 방영되는 일일 연속극. 처음에 이 연속극이 방영될 때에 항상 비누 선전을 해서 'soap opera'라는 별명이 생겼음.

그 대가를 치러야 하는 사람이 한 사람도 없는 것처럼 방영됩니다. 그러나 현실적으로 당신이 그 흉내를 내면 반드시 뿌린 대로 거두게 됩니다. 그 법칙은 정확합니다.

그런데 만약 당신이 이미 과거에 뿌린 부도덕의 씨로 인해 당신 혼자 쓰라린 고통의 열매를 거두고 있다면 참으로 안타까운 일입니다. 그러나 당신이 행한 행동으로 인해 무고한 다른 사람—당신의 부인과 가족—까지 고통을 겪게 된다면 더욱 슬픈 일입니다.

다른 불량소년들처럼 재프도 결혼 전에 몇몇 소녀들과 성관계를 가졌습니다. 그런 과정에서 그는 성병에 걸렸습니다. 세월이 흘러서 그는 철이 들어 정착했고, 사업을 시작했습니다. 그리고 어여쁜 숙녀와 결혼해서 귀여운 아들도 낳았습니다. 그런데 이 아기는 태어나면서부터 눈이 먼 시각 장애자였습니다. 그 원인은 바로 아빠의 성병 때문이었습니다.

비극은 그것으로 끝나지 않았습니다. 몇 달이 지나자 또 다른 비극이 찾아왔습니다. 그의 아내가 그가 걸린 성병에 감염된 것으로 드러난 것입니다. 시간이 흘러 아내는 그 병으로 인해 죽었습니다. 슬픔에 잠긴 아빠는 그의 어여쁜 젊은 아내의 묘 앞에서 눈먼 어린 아들을 팔에 안고 망연자실한 채 서 있습니다.

어떤 사람들은 '안전한 대책을 세운 관계'라면 혼전에 성관계를 갖는 것도 괜찮다고 말합니다. 그것은 임신을 하지 않기 위해서나 성병을 피하기 위해서 적절한 예방책을 세운다는 것을 뜻합니다. 그러나 예방책과 관계없이 혼전 성관계는 윤리적으로 잘못된 것입니다. 그들의 말은 이런 속담과도 같습니다. "당신이 잡히지 않는 한, 남의 것을 훔치는 것은 죄가 아니다."

남의 것을 훔치면 잡히든 잡히지 않든 죄를 범한 것입니다. 그리고 죄에는 반드시 형벌이 따르게 됩니다. 마찬가지로 혼전 성관계도 안전한 대책을 세우는 일에 관계없이 죄를 짓는 것이고, 거기에는 반드시 형벌이 따르며 그후에 씁쓸한 열매를 거두게 됩니다.

당신은 학교를 졸업할 때까지 모든 것을 다 경험해 보았지만 결코 당신의 그런 행동이 겉으로 드러나지 않을 수도 있습니다. 임신도 하지 않고, 어떤 병에도 걸리지 않으며, 당신의 비행을 아는 사람도 없습니다. 그래서 사회에 나가서도 줄곧 그런 행동을 할 수 있을지도 모릅니다. 그러나 '뿌린 대로 거두는 법칙'은 당신에게 이렇게 충고합니다.

"당신이 뿌린 것을 그대로 거두게 될 것입니다!" 이것은 당신이 믿든 안 믿든 간에 진실이며, 또한 실제로 그렇게 될 것입니다. 당신에게 언젠가는 그 쓰라린 고통의 열매를 거두며 후회하게 될 날이 기필코 찾아올 것입니다.

고통의 열매를 거두는 그날이 일찍 찾아올수록 다행이고, 늦게 찾아올수록 불행은 더욱 커집니다. 잘못된 길은 빨리 돌이킬 때, 그 피해도 줄일 수 있습니다. 그러나 잘못된 길을 걷고 있으면서도 피해가 없다고 자만하면, 수년간 누적되어 눈덩이처럼 불어난 고통의 열매를 한꺼번에 거두게 될 때 자기 혼자의 힘으로는 도저히 감당할 수 없게 됩니다.

그렇지만 뿌린 대로 거두는 법칙에 모두 부정적인 면만 있는 것은 아닙니다. 반대로 긍정적인 면도 있습니다. 만일 당신이 충분히 용기가 있고, 많은 사람들의 의견에 반대할 현명한 판단력을 가진 젊은이라면, 결혼을 위해 당신 자신의 순결을 지키십시오. 그러면 당신은 미래에 행복한 결혼생활이라는 멋진 수확을 거두게 될 것입니다.

줄리는 또래 소녀들이 술을 마시고 성적으로 문란한 데이트를 할 때, 그들과 어울리는 것보다는 차라리 혼자 일찍 집에 돌아가는 것을 택했습니다. 줄리는 친구들에게 십대들의 즐거움을 이해하지 못하는 고지식한 아이처럼 보였습니다. 그러나 줄리는 후에 그 보상을 흡족히 받았습니다. 어른이 되어서 한 친구가 이런 편지를 썼습니다.

"줄리를 보렴. 그녀는 근사한 삶을 살고 있고 그녀를 깊이 사랑하는 멋진 사람도 있어. 그녀는 영혼까지도 행복해 보여. 줄리는 학교 다닐 때 그렇게 성실하더니 결국 그 행복의 열매를 지금 누리고 있는 거야."

여덟 번째 진실 8

고통의 열매

고통의 열매

"당신은 혼전 성관계에 대해 어떻게 생각하세요?" 청소년들은 어른들에게 흔히 이런 질문을 던집니다. 그들은 "어른들은 결혼하기 전에 성관계를 갖는 것이 나쁘다고 말하는데, 무슨 근거라도 있나요? 만일 그렇다면 나는 그것들이 어떤 것인지 알고 싶어요"라고 말합니다.

혼전 성관계가 나쁘다고 말하는 데는 여러 가지 충분한 이유가 있습니다. 그것을 한마디로 요약하자면 당신이 얻는 것보다 잃는 것이 훨씬 더 많다는 것입니다.

미국의 한 맥주 광고는 "당신은 인생을 단 한 번 삽니다. 그렇기 때문에 당신이 누릴 수 있는 모든 쾌락을 마음껏 누리십시오!"라고 말합니다. 이것은 "먹어라, 마셔라, 그리고 결혼하라. 내일이면 우리는 죽는다"는 옛 속담의 현대적 변형과 같습니다.

그런데 이 같은 속담에서 한 가지 잘못된 것은 실제로 우리는 내일 죽지 않는다는 것입니다. 매스컴에서는 쾌락을 마음껏 누리라고 선전하지만 실제 우리의 삶은 쾌락의 날만 있는 것이 아닙니다. 아니, 쾌락은 잠깐이고 고통은 무한정입니다. 우리는 잠깐의 쾌락을 위해 뿌린 행위 때문에 일평생 쓰디쓴 고통의 열매를 거두게 됩니다. 혼전 성관계로 순간적인 쾌락을 얻을 수 있지만 그 결과 평생동안 고통스런 열매를 거두게 됩니다.

여기에 혼전 성관계로 여러분이 잃어버리는 것들과 대신 얻게 되는 고통의 열매에 대해 몇 가지 간추려 보았습니다.

혼전 성관계로 당신은 성병에 감염될 수 있습니다.

매일 3만 명 이상의 미국인들이 성병에 감염되고 있습니다. 성병 감염의 한 가지 문제점은, 그러한 질병을 가지고 있는 사람이 그 사실을 모른 채 다른 사람들에게 옮긴다는 데 있습니다.

대개 당신은 누가 성병을 가지고 있을지 사람의 외모로는 판단할 수 없습니다. 때로 그 사람은 당신이 조금도 의심하지 않았던 사람일 수도 있습니다. 말쑥한 외모에 잘 차려 입은 옷 그리고 교회에 다니고 있는 소년이나 소녀가 될 수도 있습니다. 평소에 당신이 믿었던 사람이지만 그와 단 한 번의 성관계를 가짐으로써 당신은 성병에 감염될 수 있습니다.

"저는 18살 된 소녀로서 이번 달에 결혼할 예정이었습니다. 그런데 제 남자 친구는 제가 아이를 가질 수 없다는 이유 때문에 우리들의 결혼 약속을 깨뜨려 버렸습니다. 몇 년 전에 저는 남자들과 성관계를 가졌습니다. 그때 나는 임질이라는 병에 걸렸습니다. 그러나 그때는 그것을 알지 못했습니다. 이제 결혼을 앞두고 지난 달 건강 진단을 위해 병원을 찾게 되었습니다. 결과는 제가 임질에 걸려 있다는 것이고, 의사는 그 결과 아이를 갖기 어려울 것이라는 진단을 내렸습니다. 나는 지금 죽고 싶습니다."

몇 가지 성병은 불치의 질병들입니다. 설령 치료된다고 해도 눈이 멀게 되거나 심장 질환을 일으키며, 제때에 치료하지 않으면 생식 기관에 영구적인 손상을 입을 수 있습니다.

다음 장에서 가장 치명적인 성병 몇 가지를 살펴보겠습니다.

혼전 성관계는 정신적인 고통을 가져옵니다.

금년 한 해에 미국은 대략 120만 명의 미혼모가 생기게 될 전망입니다. 임신한 어린 소녀들을 위한 대안은 그리 많지 않습니다. 설령 있다고 해도 그것들 중에 만족할 만한 것은 하나도 없습니다. 대개가 낙태를 선택하게 되는데, 이것이 손쉽고 간편한 해결책이라고 생각합니다. 그러나 그것은 오해입니다. 그것은 절대로 간단하게 해결되는 것은 아닙니다.

탠시는 17살 때 낙태 수술을 받았습니다. 그후 1년이 지난 어느날 질병에 걸려 병원에 입원하는 일이 생겼습니다. 병원에서 지내는 동안 그녀는 작년에 병원에서 낙태한 것에 대해 깊이 생각하게 되었습니다. 그녀는 스스로 '자신의 아기를 살인했기' 때문에 자기를 아는 모든 사람들이 자기를 냉대할 것이라는 심각한 고민에 빠졌습니다.

조안은 임신 12주째 처음으로 낙태 수술을 받은 18세 소녀입니다. 그녀는 모든 것을 잘 이겨내고 있는 것 같아 보였습니다. 그러나 그녀가 두 번째 임신을 했을 때, 갑자기 밤새도록 아기 울음소리가 들리는 것 같았습니다. 그리고 지난날의 모든 악몽이 그녀에게 다시 되살아났습니다.

미뤼엄은 고의적으로 약을 다량으로 복용해서 응급실에 실려 왔습니다. 담당 정신과 의사는 겉으로 보기에는 정상인 소녀가 왜 자살을 시도하려 했는지를 알아내기 위해 세밀히 진찰했습니다. 마침내 몇 차례의 면담 끝에, 그녀가 6개월 전 낙태를 했고 그 아기의 분만 예정일에 약을 다량으로 복용했음이 밝혀졌습니다.

미네소타 대학의 조사에 의하면 낙태 경험이 있는 십대들은 정상적인 십대들보다 자살을 시도할 확률이 네 배나 더 많은 것으로 드러났습니다.

혼전 성관계가 임신을 초래할 수 있습니다.

임신은 결혼 전 성관계로 인한 '고통의 열매'입니다. 이런 일은 당신이 모르는 다른 사람들에게 일어나는 일이라고 쉽게 생각하지만 사실은 그렇지 않습니다.

오늘 밤도 15살 소녀 데니스는, 지난 며칠 밤처럼 잠을 이루지 못하고 몸을 뒤척이고 있습니다. 도대체 이 일을 아빠에게 어떻게 설명해야 할지 몰라서 고민하고 있습니다. 그러다가 갑자기 전신이 꽁꽁 얼어붙는 듯한 마비 증세를 경험합니다. 어떤 알지 못하는 힘이 그녀를 리모컨으로 조종하는 것 같아 두려워 떨고 있습니다.

데니스는 이제 어떻게 해야 할까요? 입술을 꽉 다문 채 남자 친구 로니 생각만 합니다. 그는 무책임하게 떠나 버렸습니다. '낙태 수술비용을 책임지겠다'는 그의 약속은 성관계를 가짐으로써 '진실한 사랑을 보여 달라'던 그의 주장만큼이나 쉽게 하는 말과 같았습니다.

데니스는 그런 사실을 아빠에게 숨기기 위해 힘들게 70달러를 모았습니다. 그러나 낙태 비용으로는 턱없이 모자라는 액수입니다. 로니와 함께 보냈던 그날 밤은 몇 번이나 그녀 마음에 후회로 되새겨졌습니다. 로니와의 모든 지난 시간들은 색채도 형체도 없이 희미하게 떠오르는 한낱 잿빛 기억일 뿐입니다. "왜 나에게 이런 일이?" 그녀는 현실이 이상하게만 생각됩니다. 데니스는 결코 이런 일이 자신에게 일어나리라고 생각하지 않았습니다. 결코 말입니다.

혼전 성관계는 어린 부모로 인한 큰 문제를 일으킵니다.

임신한 십대들의 80퍼센트가 학교를 중단합니다. 이들 대부분은 결국 낮은 보수의 직업을 갖거나 후생 시설에 수용될 것입니다. 아기를 낳아서 키우기로 결심한 십대들은 미혼모로서 살아가기가 얼마나 힘들고 어려운지 뼈저리게 체험하게 됩니다.

아기가 태어나기 전에 그녀의 침실은 로큰롤 가수를 열광적으로 떠받들던 어둑한 분위기였습니다. 그러나 이제는 듀란듀란Duran Duran*의 포스터와 오지오스본Ozzy Osborne**의 포스터도 말끔히 치워졌고, 벽은 흰색으로 도배되었습니다. 여고생 안젤라의 방은 생후 6주 된 코레이를 위한 아기방으로 변했습니다.

이제 막 17살이 된 안젤라는 자신이 엄마가 되었다는 사실이 너무 어색하게 보입니다. "나는 그전처럼 여전히 어린데 말이야! 나는 아직 어른이 되지 않았어!"라고 난처해 합니다. 사실 그녀는 평범한 어린 소녀입니다. 거실 소파에 앉아서 록 콘서트에 가려고 엄마를 조르거나 귀여운 강아지를 사 줄 수 있는지를 물어보며 그리고 아무런 허락도 받아 내지 못해서 불평을 하는 다른 소녀들과 전혀 다를 바 없는 여고생입니다. 그렇지만 이제는 자신의 아기를 돌보아야 하는 책임이 주어졌습니다.

"지난밤에 나는 도저히 숙제를 할 수 없었어······." 그녀는 갈색 머리칼을 감싸며 울먹입니다. "나는 아기에게 계속해서 젖을 먹이고 있었어." 안젤라가 아기를 눕혀 놓을 때마다 아기는 안아 달라고 칭얼거리며 조릅니다.

---

* 1978년 영국 버밍엄에서 결성된 팝 록 밴드.
** 영국 버밍엄 출신 헤비메탈 뮤지션으로 1970년대 헤비메탈 음악계에 악마숭배 논란을 일으킨 인물.

지난날을 돌이켜보면서 그녀는 생각합니다. "아기를 키운다는 것은 너무도 어려운 일이야. 나는 이 일에 대해 좀 더 신중하게 생각을 했어야만 했어. 미리 알았다면 그날 밤 성관계를 피하는 건데……."

엄마도 힘들지만 아기도 괴롭기는 마찬가지입니다. 십대 미혼모의 아기는 대체로 허약하거나 유아 사망률이 높습니다. 그들은 자란 후에도 종종 교육적인 문제는 물론 정서적인 문제들까지 겪게 됩니다. 그들은 부모의 미숙함으로 인해 희생되는 억울한 피해자인 셈입니다.

혼전 성관계는 정상적인 성관계에 대해 그릇된 실망감을 줍니다.

많은 젊은이들이 호기심에서 성관계를 갖게 됩니다. 그들은 성관계에 대해 '환상적인 것'이라는 말을 들어서 그것이 어떤 것인가를 알고 싶어 합니다. 그런데 과연 그들이 생각했던 것만큼 흥미롭고 대단한 것이라고 알게 되었을까요? 대답은 단연코 "아니오!"입니다.

혼전 성관계에 대한 설문지가 미혼모를 위한 큰 병원에 비치되어 있습니다. 그 질문은 미혼모에게 다음과 같이 물었습니다.

"당신의 혼전 성경험이 만족스러웠습니까, 실망을 주었습니까? 아니면 불쾌감을 주었습니까?" 그것에 대한 답변의 50퍼센트가 "실망스러웠다"이며, 30퍼센트는 "즐겁지 않았거나 불쾌감을 주는 것"으로, 그리고 나머지 20퍼센트는 "대답하고 싶지 않다"였습니다.

행복한 결혼생활에서 성은 즐겁고 가슴 설레는 경험입니다. 그렇지만 혼전 성관계는 실망을 느끼게 합니다. 17살에 임신을 하게 된 어떤 소녀는 이렇게 말을 합니다.

"당신이 책에서 읽은 사랑과 연애에 대한 것들은 모두 거짓말투성이에요. 그것은 실제로 그렇게 아름다운 것이 아니에요. 달콤하지도 않고 영원한 것도 아니에요. 도리어 그것은 비참하고 가슴 아픈 것이에요. 낭만적인 사랑으로 꾸며서 영화를 만들어 젊은이를 유혹하는 영화제작사 사람들은 벌을 받아야 해요. 더욱 나쁜 것은 영화나 소설 속에서 사랑을 나누는 장면에서는 분위기를 어둡게 하면서 환상적으로 꾸미는 것이에요. 화면에서는 모든 것이 그렇게 낭만적이고 다음 날 아침에 깨어나도 두 사람이 매우 행복하다고 하지만 사실 전혀 그렇지가 않아요. 도리어 상처를 줄 뿐입니다. 당신은 그러한 일을 처음 겪을 때 더욱 큰 상처를 받게 돼요. 더군다나 다음 날 아침, 당신의 남자 친구가 당신을 거들떠보지 않으려 할 때 당신은 더욱 비참해져요……."

혼전 성관계는 결혼 후에도 문제를 일으킬 소지가 있습니다.

혼전 성관계로 인해 가장 큰 피해 중의 한 가지는 결혼 후에도 나쁜 인상으로 남는다는 것입니다. 그 결과 결혼 후 배우자와 정상적인 성관계에서 만족을 누리지 못하며 그 축복된 즐거움을 느끼지 못하게 됩니다.

혼전 성관계로 인한 또 다른 피해는 과거의 성경험들이 '회상'되어 문제를 일으킨다는 것입니다. 당신이 이 사실을 인정하든 그렇지 않든 간에 그것은 사실입니다. 당신이 결혼 전에 갖는 성경험들은 당신의 기억 속에 입력됩니다. 후에 당신이 행복한 결혼을 하게 되더라도 결혼 전의 성경험들은 기억 속에 생생하게 남아서 종종 '회상'될 것입니다. 때때로 재상영되는 그런 기억들로 인해 당신의 행복한 결혼생활은 문제에 직면하게 될 것입니다.

34세의 어떤 부인은 결혼생활에 심한 어려움을 겪고 있습니다. 그녀는 자기가 바라던 이상적인 남편과 결혼했습니다. 자녀도 둘을 낳아서 키우고 있었으며, 남편은 나무랄 데 없는 훌륭한 사람이었습니다. 그러나 그녀는 자꾸만 떠오르는 '옛날의 기억들'로 인해 너무 고통스러워 상담 심리학자를 찾게 되었습니다. 그녀는 남편과 잠자리를 같이 할 때 불쑥 옛날 애인 생각이 떠오른다고 했습니다. 그런 생각이 남편과의 정상적인 성관계를 방해하는 것은 자명한 사실입니다. 결국 그 부부는 완전한 결합을 이루지 못한 채 성적 갈등을 겪게 되었습니다.

이와 같이 혼전 성관계는 결혼 후에 정상적인 부부 관계를 방해할 소지가 있습니다.

"결혼하기 전에 서로 잘 맞는지 알아보기 위해 성관계를 한번 경험해 보려는 것은 잘못된 생각일까요?"

결혼하기 전에 성관계를 경험해 본다는 것은 매우 합리적이고 논리적인 행동처럼 느껴집니다. 그래서 어떤 친구는 이렇게 말합니다. "당신이 차를 살 때 한 번 시운전을 하고 사는 것이 더 현명하지 않을까요? 그렇다면 왜 사전에 성관계를 경험하지 않고 결혼을 해야 한다는 것입니까?"

남녀 관계에서 한번 먼저 경험하는 것이 좋지 않은 이유는 다음과 같습니다. 우선 결혼하는 것은 차를 사는 것과는 비교될 수 없습니다. 여자는 '엄밀히 시험해 보아야 할' 상품이나 부속품 따위가 될 수 없습니다. 그녀는 사랑받고 소중히 여겨져야 할 인간이며 인생의 동반자임을 명심하십시오. 당신은 생의 동반자를 찾는 것이지 당신의 적성에 맞는 성적인 유희 대상을 찾는 것이 아닙니다.

사람들은 사전에 경험하지 않고도 결혼 후에 충분히 멋있는 성관계를 가질 수 있습니다. 물론 거기에는 서로 친숙해지기까지 약간의 시간이 필요합니다. 결혼 전에 성관계를 전혀 경험해 보지 않은 부부에게는 길게는 몇 달까지 친숙해지는 데 시간이 걸립니다. 그러나 당신이 결혼을 해서 서로가 사랑한다면 서로 배워 가는 기간이 전혀 문제가 되지 않습니다.

무엇보다 명심할 것은 혼전 성관계가 결혼 후 갖게 될 성관계에 대한 공정하고 올바른 '시험(test)'이 되지 못한다는 사실입니다. 혼전 성관계는 두려움과 죄책감 때문에 그것을 경험하더라도 별로 유쾌하거나 만족스러운 일이 되지 못합니다. 그러면 당연히 "시험적으로 자 본 결과 만족스럽지 못하니까, 우리는 궁합이 맞지 않는다. 그러므로 결혼 후에도 분명히 똑같은 경험을 하게 될 것이다"라는 결론에 도달합니다. 그러나 이것은 큰 착각입니다. 결혼 전 성관계는 결코 결혼 후 성관계의 '시험'이 될 수 없습니다.

결혼 상담가 쇼트 박사는 건전한 교제를 하고 있던 한 쌍의 남녀가 성관계의 '시험'을 한 후 깨어지게 된 실제 사례를 공개했습니다. 그들은 결혼해서 행복한 가정을 꾸릴 가능성이 많았던 젊은이들이었습니다. 그런데 어느 날 남자 쪽에서 먼저 사전에 성관계를 가져 보지 않고는 결혼하지 않겠다는 정말 어리석은 생각을 갖게 되었습니다. 그것이 결국은 파국을 몰고 왔습니다.

20대 후반의 한 직장 여성과 젊은 기계공은 처음에 좋은 친구로 교제를 시작했습니다. 그들은 서로 성격이 잘 맞는 것 같았습니다. 그래서 그들은 서로 교제를 해 나갈수록 서로의 사랑이 진실함을 확신하게 되었습니다.

그런데 한 가지 큰 문제가 생겼습니다. 그것은 남자 쪽에서 먼저 시험적으로 성관계를 가져 보지 않고는 그녀와 결혼할 수 없다는 엉뚱

한 말을 꺼낸 것입니다.

그녀는 이 요구에 쉽게 동의할 수 없었습니다. 평소 그녀는 성관계가 오직 결혼의 테두리 안에서 가능한 것이라고 굳게 믿고 있었습니다. 미리 그것을 경험하는 것은 비록 사랑하는 사람과 함께 하더라도 그녀의 평소 신념과 정서에 위배되는 것이었습니다.

그러나 그 남자는 고집을 부렸습니다. 그렇지 않고는 결혼을 할 수 없다고 우겼습니다. 결국 많은 망설임과 깊은 죄의식 그리고 어쩔 수 없는 두려움을 안은 채, 그녀는 자기가 가장 사랑하는 남자를 잃는 것보다는 차라리 성관계를 갖는 것이 낫다고 결정하기에 이르렀습니다.

이제 여러분은 그 결과가 어떻게 되었는지를 짐작할 수 있을 것입니다. 두려움과 죄의식으로 억눌린 상태에서 가진 두 사람의 성관계는 충분한 사랑과 기쁨의 표현이 되지 못했습니다. 그것은 실제로 아주 우울한 경험이 되고 말았습니다. 그 남자는 '시험'에서 영화에서 보는 듯한 황홀한 만족감을 느끼지 못했습니다. 그래서 그는 결혼 후에도 두 사람은 결코 이같이 만족한 성생활을 하지 못하리라는 결론을 내리고는 그들 사이의 결혼 약속을 일방적으로 깨뜨려 버렸습니다. 이일로 인해 충격을 받고 우울증에 걸린 그녀를 혼자 남겨 둔 채, 그는 야속하게 떠나 버렸습니다.

요약하면 결혼 전에 성관계를 경험하는 것은 아슬아슬한 스릴이 있을지 모릅니다. 그러나 당신이 얻는 것은 약간이지만 잃는 것은 엄청나고 돌이킬 수 없는 것들입니다.

여러분은 현명하므로 이성적인 판단을 내릴 줄 믿습니다.

| 사실 바로 알기 |

혼전 성관계와 결혼에 관해 알아야 할 9가지 사실

첫 번째 사실

결혼 전에 성관계를 가진 남녀는 건전한 교제를 하는 남녀보다 결혼에 이르지 못하고 그 관계가 깨질 가능성이 훨씬 높습니다.

남자 친구를 잃지 않기 위해 그의 요구에 응해 성관계를 가질 것을 고려하고 있다면, 당신은 차라리 그의 뜻에 응해 주지 않는 것이 그를 잃지 않는 더 좋은 방법이라는 것을 기억하십시오.

두 번째 사실

대부분의 남성은 다른 사람과 많은 성관계를 가진 여성과 결혼하기를 원치 않습니다.

이 같은 사실 때문에 순결을 지킨 여성들은 훌륭한 배우자와 결혼할 확률이 훨씬 높습니다.

세 번째 사실

순결을 지킨 여성이 그렇지 못한 여성보다 더 행복한 결혼
생활을 누리게 됩니다.

당신이 결혼할 때까지 성관계를 갖지 않고 기다린다면, 당
신이 행복하고 만족한 결혼생활을 할 가능성은 그렇지 못한
여성보다 훨씬 더 높다고 할 수 있습니다.

네 번째 사실

결혼 전에 성관계를 가진 사람들은 순결한 부부보다 결혼
후에 이혼할 확률이 더 높습니다.

혼전 성관계의 경험이 많을수록 이혼의 확률도 상대적으로
높아집니다.

다섯 번째 사실

순결을 잃은 사람은 순결한 사람보다 결혼 후에 간통죄를
범할 확률이 더 높습니다.

다시 말하면 혼전 성경험이 많을수록 남자나 여자는 결혼
후에 간통죄를 범하기 쉽습니다.

여섯 번째 사실

순결을 잃은 여성은 순결한 여성보다 잘못된 배우자를 선택해서 결혼하는 오류에 빠지기 쉽습니다.

혼전 성관계는 당신의 판단을 흐리게 할 수 있습니다. 당신은 마침내 진정한 사랑을 찾았다고 생각할지 모릅니다. 그러나 사실을 알고 보면, 단지 육체적인 결합에 눈이 멀어 여러 가지 문제가 있는 사람을 배우자로 선택하는 잘못을 범하게 됩니다.

일곱 번째 사실

혼전에 성관계를 경험한 사람들은 결혼 후에 부부 관계로 인한 즐거움과 만족을 상대적으로 많이 느끼지 못합니다.

여덟 번째 사실

혼전에 성관계를 갖는 것은 당신의 결혼생활을 비참하게 만들 수 있습니다.

흔히 남녀 교제가 깊어지면 결혼을 생각하게 됩니다. 그때 그들은 결혼을 전제로 성관계를 갖게 됩니다. 그런데 그후부터 상대의 도덕성과 몸가짐에 대한 의심과 불안을 느끼게 됩니다. 그러나 어쨌든 성관계를 가졌기 때문에 어쩔 수 없이 결혼을 해야 하는 의무감을 느끼게 될 것입니다. 그렇지만 그들은 결혼 후에도 죄책감으로 인해 만족스럽지 못한 삶을 살게 됩니다.

아홉 번째 사실

혼전 성관계는 결혼 후 성생활을 망치게 합니다.

혼전 성관계로 인한 죄책감과 두려움 그리고 실추된 자존심 등은 결혼 후 부부의 성생활에 악영향을 끼칩니다. 그래서 결혼생활과 성생활을 망치기가 쉽습니다.

아홉 번째 진실 9

러시안룰렛 게임

▎새로운 형태의 러시안룰렛 게임

어느 금요일 밤 남부 조지아 타운에서 있었던 실화입니다. 에디는 모범생으로 친구들에게도 인기 있는 학생이었습니다. 그날 에디의 부모님이 외출하시자 그의 집에는 많은 친구들이 모였습니다. 그리고 술파티가 한창 벌어졌습니다. 그때 누군가가 '러시안룰렛 게임'에 대해 말을 꺼냈습니다.

그러자 술에 취한 에디가 침실에 들어가더니 아버지의 권총을 꺼내 가지고 나왔습니다. 즉시 집 안에 있던 모든 사람의 시선이 그에게로 집중되었습니다. 몇 명의 친구들은 그만두라고 그를 만류했습니다. 그러나 짓궂은 몇몇 친구들이 그의 영웅심리를 부추겼습니다.

에디는 여섯 발들이 회전탄창에 총알 한 발을 집어넣고 회전탄창을 빙글빙글 몇 바퀴 돌렸습니다. 그런 다음 그 권총을 자기 머리에 갖다 대었습니다. 그리고 방아쇠를 당겼습니다. 총알이 발사될 확률은 6분의 1이었습니다. 그런데 불행히도 그 하나의 총알이 발사되고 만 것입니다. 순간 모두가 경악한 나머지 장내는 쥐 죽은 듯한 침묵이 흘렀습니다. 잠시 후 에디가 의자에서 비틀거리며 마룻바닥으로 털썩 쓰러져 죽자, 그제야 고래고래 비명을 질러댔습니다.

그 장면의 공포는 목격한 모든 사람들의 마음속에 깊이 새겨졌습니다. 텔레비전에서는 총을 쏘는 것이 마치 장난감을 가지고 노는 것처럼 보입니다. 그러나 텔레비전에서 대포가 터지는 것만큼 실제의 총은 소리도 크며 위력도 강합니다. 어쨌든 그것은 너무도 어리석고 분별없는, 그리고 영영 돌이킬 수 없는 일이었습니다.

이처럼 위험하며 절대 해서는 안 될 러시안룰렛 게임의 새로운 형태가 수백만의 십대들에 의해 행해지고 있습니다. 그것은 바로 '무분별한 성관계' 또는 '혼전 성관계'입니다. 이 신형 러시안룰렛 게임에서 사용되는 총알은 성관계로 옮겨지는 각종 성병에 비유할 수 있습니다.

어떤 십대 청소년이 혼전 성관계를 가지는 것은 성병이란 실탄을 장전하고 자기 몸에 방아쇠를 당기고 있는 것과 같습니다. 이 신형 러시안룰렛 게임은 실제 게임보다 더 치명적일 수 있습니다. 왜냐하면 그 확률이 4/6나 5/6나 되기 때문입니다. 즉 혼전 성관계로 성병에 걸릴 확률은 그만큼 높다는 사실을 명심해야 합니다.

에이즈는 성병 중에서 가장 무서운 것입니다. 그러나 에이즈 외에도 성병의 종류는 59가지가 넘습니다. 그리고 해마다 새로운 형태의 성병들이 출현하고 있습니다. 에이즈에 대해서는 다음 장에서 다루기로 하고, 여기서는 가장 잘 퍼지는 성병 몇 가지를 살펴보려고 합니다.

▌생식기 포진

포진(Genital Herpes)은 비교적 최근에 생긴 전염성이 강한 성병의 일종입니다. 그 증상은 대개 성관계를 가진 후 이틀에서 한 달 이내에 나타납니다. 그러나 몸속에 포진균을 지니고 있으면서도 외적인 증상이 없는 사람도 있습니다.

포진은 손상된 피부나 점액질의 얇은 막을 통해서 몸속으로 침투하는 바이러스에 의해 발병합니다. 일단 포진에 감염되면 생식 기관이나 입 주위에 가렵고 아픈 물집이 생깁니다. 물집은 3주 동안 계속되다가 없어집니다. 그러나 병이 완치된 것은 아니며 그 물집들은 얼마 후 다시 생기게 됩니다.

포진은 치료될 수 없습니다. 그래서 어떤 의사는 "포진은 당신을 죽게 하지는 않습니다. 그렇지만 당신 또한 포진균을 완전히 죽일 수 없습니다"라고 말합니다. 포진에 걸린 임산부는 출산 시에 태아에게 이 병균을 전염시킬 수 있습니다.

18살 된 어떤 소녀는 첫 번째 성관계에서 포진에 감염되었습니다. 생리 기간에 성관계를 가진 것이 포진 발병의 동기였습니다. 물집은 약 16일 동안 계속되었습니다. 그녀는 가렵고 아픈 물집이 한 달 중 16일 동안 생기는 일이 평생 반복될 것이라는 사실을 알고 경악하였습니다.

생식기 포진 환자들에게 가장 큰 고통은 남의 눈에 잘 띠며, 비위생적으로 보이는 물집 때문에 생기는 죄책감입니다. 조지 워싱턴 대학의 엘리자베스 교수는 이 질병을 보유한 여성들이 '극도의 죄책감'을 가지고 있다는 사실을 발표한 바 있습니다. 실제로 그들은 자신이 깨끗하지 못하며 불결하다는 느낌을 자주 갖게 됩니다.

뉴욕시에 사는 한 여성은 이렇게 말합니다. "우리들은 사랑할 사람을 찾고 있어요. 그렇지만 사람들은 우리를 멀리해요. 게다가 이 세상에서 우리 같은 사람들이 취업하고 결혼할 문은 너무 좁습니다. 우리 스스로 '도대체 어느 누가 나를 원할까?'라는 생각을 합니다. "결국 포진은 생식기 장애와 아울러 심각한 정신적 고통까지 가져다주는 것입니다. 한편, 뉴욕 아미티빌의 한 개업 의사는 어느 소녀가 울며 이렇게 하소연하는 말을 들었다고 전합니다. "아무도 결코 나와 결혼하려 들지 않을 거예요……."

거의 천만 명의 젊은이들이 생식기 포진을 앓고 있습니다. 그리고 해마다 50만 명의 새로운 포진 환자들이 생겨납니다. 그들은 남은 생애 동안 정신적 육체적 괴로움을 당하며 살아야 할 것입니다. 사람들은 뿌린 대로 스스로 '고통의 열매'를 거두게 되어 있습니다.

▌매독

매독(Syphilis)은 가장 오랜 역사를 가진 성병 중 하나입니다. 그것은 오늘날에도 여전히 활동하며 치명상을 안겨 줍니다. 통증 없는 불그스름한 적갈색의 짓무른 상처가 성관계를 가진 후 몇 주 이내에 생식기에 나타나면, 그것은 매독입니다. 그 상처는 1주에서 5주 사이에 사라지지만, 매독균은 여전히 몸에 남아 있게 됩니다.

만약 깨끗이 치료하지 않으면, 매독은 중풍과 시각 장애, 심장 질환과 뇌 손상, 심지어 죽음에까지 이르게 할 수 있습니다. 또한 출산 시에 태아에게까지 매독균을 전염시키기도 합니다. 매독은 치료될 수 있습니다. 그러나 당신이 매독에 감염된 그 누군가와 성관계를 가진 횟수만큼 당신은 반복하여 매독에 재 감염될 것입니다.

▌임질

임질(Gonorrhea) 역시 옛날부터 널리 퍼져 내려온 성병입니다. 증상은 대개 성관계 후 이틀에서 3주 사이에 나타납니다. 대부분의 남성과 여성들에게 이 성병으로 인한 외관상 증상은 거의 없습니다. 그러나 임질균에 감염되어 있으면 성관계를 통해 타인에게 전염시킬 수 있습니다.

임질에 걸린 경우 남성은 주로 소변을 볼 때 통증을 느낍니다. 여성은 소변을 볼 때 경미한 통증과 가려움증을 느끼게 됩니다. 이러한 증상들은 한동안 나타났다가 곧 사라집니다. 그러나 그것이 병이 완치되었다는 의미는 아닙니다. 그 병균은 치명적인 부작용을 일으키기 위해 몸속에 잠복하고 있을 뿐입니다.

임질이 치료되지 않으면 관절염과 심장 장애, 피부병, 시각 장애 그리고 불임증을 유발할 수 있습니다. 임질 때문에 많은 사람들이 아이를 가지지 못합니다.

한때 임질은 페니실린을 주사함으로써 쉽게 치료되었습니다. 그러나 지금은 페니실린의 약효도 소용없는 새로운 임질이 출현하고 있습니다. 따라서 당신이 임질에 감염된 누군가와 성관계를 갖는 횟수만큼 당신은 임질에 감염될 것입니다. 우리가 사는 세상은 자기가 뿌린 대로 '고통의 열매'를 거두게 됩니다.

▌클라미디아

오늘날 미국에서 가장 빠른 속도로 퍼지고 있는 성병이 바로 클라미디아(Chlamydia)입니다. 매년 미국에서 3백만 명에서 1천만 명의 젊은이들이 이 질병에 걸리고 있습니다. 대부분의 남성과 여성은 이 성병으로 인해 외관상으로 나타나는 증상은 거의 없습니다. 그러므로 상대가 이 병에 감염되었는지 여부를 알 수 있는 유일한 방법은 본인이 그 사실을 미리 고백하는 것뿐입니다.

클라미디아에 걸린 경우 남성은 주로 소변을 볼 때 심한 고통을 느낍니다. 여성은 질의 가려움증과 미열을 느낍니다. 만일 당신이 클라미디아에 감염되었는지 의심이 생기면 의사의 진찰을 받아야 합니다.

클라미디아는 제때에 치료하기만 한다면 완치될 수 있습니다. 만일 치료하지 않은 채 방치하면 더 심각한 증상을 일으킵니다. 즉 생식 기관이 영구적으로 손상을 입게 됩니다. 그렇게 되면 그들은 아이를 가질 수 없습니다.

또한 임산부는 출산 시에 이 질병을 신생아에게 전염시킬 수 있습니다. 이 성병에 감염되어 태어나는 아기는 눈이 멀게 되고, 폐에 이상을 가진 채 태어납니다. 이것 역시 비참한 '고통의 열매'입니다.

▍ HPV

HPV(이 질병을 일으키는 바이러스의 이름을 그대로 따른 병명) 또한 오늘날 급속하게 퍼지고 있는 성병 중의 하나입니다. 이에 보스턴에 소재한 뉴잉글랜드 의학 연구소의 스태픈 큐리 박사는 경고하고 있습니다. "이 바이러스는 지금 곳곳에 만연하고 있습니다. 그러므로 우리는 이에 대해 경각심을 가져야 합니다!" 그리고 "만약 에이즈가 없었더라면, 모든 신문마다 1면에 이 성병에 대한 기사를 다룰 것입니다. 현재 미국은 수백만 명이 HPV에 감염되어 있으며 그 숫자는 급속도로 상승하고 있습니다."

HPV는 특히 십대 소녀들에게 위협을 주고 있습니다. 이 질병은 성관계를 통해 전염되는데 매우 고통스러우며 대개의 경우 치료될 수 없습니다. 그 증상으로는 생식기에 염증이 생깁니다.

전통적인 치료 방식으로는 이 질병을 고칠 수 없습니다. HPV는 여러 해 동안 몸속에 잠복되어 있습니다. 그리고 나서 성기에 염증이 재발합니다. 무엇보다도 치명적인 것은 HPV가 경부암이나 다른 여러 가지의 암으로 직결된다는 것입니다. 그런데 성기에 염증이 생기지 않는 HPV 보균자들은 흔히 자신들이 성병에 걸려있다는 사실을 알지 못합니다. 그래서 그들은 성관계를 통해 이 균을 계속 옮기고 있으며, 스스로 그 위험성을 전혀 깨닫지 못하고 있습니다. 그들은 성병을 통해서 암으로 죽게 된다는 위험성을 전혀 경계하지 않고 있습니다.

애틀랜타에 있는 질병통제센터에서는 현재 해마다 약 50만에서 백만 가량의 HPV의 새로운 감염자가 생기는 것으로 추산하고 있습니다. 그리고 HPV에 대해 타임지에서는 "지금 당장은 손쓸 방법이 없습니다. 이것은 과거의 흑사병같이 인류에게 새로 생긴 치명적인 성병입니다. 이것을 치유하는 방법을 발견하는 데에만 적어도 수년이 걸릴 것입니다."라고 보도했습니다.

청소년들은 반드시 자기가 뿌린 것에 대해 쓴 열매를 그대로 거두게 된다는 사실을 명심해야 합니다.

▌당신은 대가를 치르지 않을 수 없습니다

대개 십대들은 잘못된 성관계에 자발적으로 빠져들고 있습니다. 그들은 이성적으로 판단할 여유조차 가지지 않고 순간적인 성충동을 불태우려 합니다. 또한 더 심각한 것은 그들이 에이즈나 다른 성병들의 전염을 전혀 염려하지 않는다는 점입니다. 그런 일은 마치 자신들에게는 결코 생기지 않으며 다른 사람들에게나 생기는 불행한 일로 착각하고 있습니다. 그러나 그런 불행한 일이 조만간 당신에게도 반드시 일어난다는 사실을 기억해야 합니다. 실제로 미국에는 매일 수천 명의 십대들이 이 무서운 성병들에 감염되고 있습니다. 이런 성병 만연 풍조에 대해 타임지는 이렇게 보도했습니다.

"현재 이 세상에는 모두 몇 명이나 성병에 감염되었는지 그 범위가 정확히 알려져 있지 않습니다. 사람들은 대부분 감염 여부를 밝히기 싫어하기 때문에 실제 감염자 중에서 단지 일부분만이 보건 당국에 의해 파악되어 있는 실정입니다. 전문가들은 매년 적어도 수백만 명의 새로운 성병 감염자들이 생겨나고 있다고 말합니다. 더욱 심각한 것은 그들 대부분이 십대와 이십대 초반의 젊은이들이라는 사실입니다.

성병은 보건 당국이 통제할 수 있는 '법정 전염병'이 아닙니다. 그것은 통제 불능의 상태로 나아가고 있습니다. 성병의 공통적인 증상인 생식기의 염증은 에이즈 바이러스가 침투하는 통로가 되고 있습니다. 만일 염증을 치료하지 않은 채 그대로 방치해 둔다면, 비단 에이즈가 아니더라도 기형아 출산과 같은 무서운 결과를 가져올 수 있습니다."

성병 또는 에이즈로 고생하는 사람들이 있는 것처럼, 이 책을 읽는 여러분들도 잘못된 성관계를 가진다면 반드시 그 대가를 치르게 될 것입니다. 청소년들은 '그런 일은 다른 사람에게 일어날지 몰라도 나에게는 생기지 않을 거야……'라고 안일하게 생각합니다. 그러나 남의 일로 여길 것이 결코 아닙니다. 그것은 특별히 운이 없는 사람이 걸린 불운이 아니라 순결을 중요시하지 않는 모든 사람들이 한결같이 걸어가는 공통된 길입니다.

학교에서 순결 운동에 관한 교육이 끝난 후, 한 소녀가 청소년 성생활 상담자를 붙잡고 울며 그에게 호소했습니다. "제발 당신이 오늘 우리들에게 말한 것을 우리나라의 모든 십대들에게 말해 주세요! 십 대들은 반드시 순결을 지켜야 한다고요!"

데이브는 소녀에게 울음을 그치라고 위로한 후, 그녀가 왜 우는지를 물어 보았습니다. 그러나 그녀는 "데이브 선생님, 나는 18살의 어린 나이지만, 아무런 가망이 없는 사람이에요."라며 계속 울먹일 뿐이었습니다. 그래서 데이브는 그녀에게 용기를 심어 주어야겠다는 생각에 말했습니다.

"아니오, 당신은 얼마든지 희망이 있습니다. 당신에게는 아직 젊음이 있습니다. 그러니 희망을 버리지 마세요!"

그러자 소녀는 다음과 같이 고백했습니다.

"아니에요, 나는 에이즈에 걸렸단 말이에요······."

요약하면 소년과 소녀가 성관계를 가지려고 할 때마다 그들은 생명이 걸린 러시안룰렛 게임을 하고 있는 것입니다. 그것이 얼마나 치명적인 것인지 모른 채 그들은 어리석은 놀이를 즐기려고 합니다.

성병에 걸릴 가능성을 피해 다니는 것보다, 아예 걸릴 가능성을 제거하는 것이 훨씬 안전한 대책입니다. 의사들이 모든 성병을 다 고칠 수 있는 것은 아니기 때문입니다. 그러므로 성병은 아예 안 걸리는 것이 가장 안전한 선택입니다.

– 로버트 C. 노블 박사, 성병 전문의 –

■ ■ ▨ 경험사례

"만약 내가 기다렸더라면 이런 후회는 없었을 텐데……."

나는 포진에 감염 되었습니다……. 이제는 더 이상 어떻게 손쓸 수가 없습니다. 이 질병은 계속해서 나를 괴롭힙니다. 단지 순간의 쾌락을 쫓다가 나머지 한평생을 수치스럽고 고통스런 인생을 보내게 되었습니다. 포진은 죽을병은 아니지만, 완전히 죽여 없애 버릴 수 없는 불치병이랍니다.

그래서 지난 몇 년 동안 나는 이 병을 앓고 있습니다. 내 생식기에는 상처가 생겼습니다. 겉으로 보기에는 입술 주변에 생기는 짓무른 상처와 모양은 같지만, 훨씬 더 아프고 따끔거립니다. 그러나 더 큰 고통이 있습니다. 그것은 내가 사회에서 완전히 격리되는 듯한 정신적 고통입니다. 다른 사람들이 이런 사실을 알게 될까 봐 두렵고, 언젠가 사람들로부터 "당신은 불결하고 비위생적인 사람이어서 같이 어울리기 싫습니다"라는 공격을 받게 될까 두렵습니다. 그 밖에도 열등감을 느끼게 되고 자살을 심각하게 생각하고 남들이 믿기 어려울 만큼의 스트레스를 받는 등 죽지 못해서 사는 느낌입니다. 게다가 또 한 가지의 괴로움이 있습니다. 그것은 지금 교제하고 있는 여자 친구가 내게 결혼하자고 제의해 오는 것에 대한 두려움입니다. 아름다운 그녀에게 포진을 감염시키기도 싫고, 더욱이 태아에게까지 이 성병을 옮기게 되지 않을까 염려되기 때문에 결혼은 꿈에도 생각하지 못합니다.

나는 진심으로 이 질병을 남에게 옮기는 것을 원치 않습니다. 그래서 여자들과 오랜 세월 동안 데이트를 하지 않았습니다. 그리고 데이트를 했다 하더라도, 결코 성적으로 흥분되는 상황으로 나 자신을 내몰지 않았습니다. 항상 포진에 억눌려 있기 때문입니다.

그런데 왜 지금 나의 쓰라린 과거와 부끄러운 치부를 독자 여러분에게 이토록 적나라하게 드러내는지 아시겠습니까? 단 한 가지 이유, 곧 나의 실패담을 참고해서 모든 청소년들이 순결을 소중히 지키라는 말을 해주고 싶기 때문입니다. 별로 만족스럽지도 못하고, 자신의 인생을 더럽힐 무분별한 성경험을 얻기 위해 당신이 가진 가장 값지고 소중한 선물인 순결을 아무렇게나 버리지 마십시오. 이것은 나의 간곡한 충고입니다.

이 사실을 전혀 모르는 내 주변의 사람들은 지금 내가 어여쁜 여자를 만나 데이트하고 있기에 나를 부러워하며 또한 행복한 사람이라고 말하지만 사실은 그렇지 않습니다. 물론 이제 십대를 지나서 철이 들었고, 내가 진정으로 좋아하는 여인을 만나게 되었습니다. 우리의 교제는 만남이 더해 갈수록 더욱 친숙해졌습니다. 나는 그녀와 결혼하기를 진정으로 원하고 있습니다. 그러나 그 생각만 하면 나의 가장 알리기 싫은 비밀로 인해 두려움이 구름처럼 몰려와 나를 감쌉니다. 그래도 용기를 내어 언젠가는 그녀에게 포진에 걸린 사실을 솔직하게 털어놓아야 하겠지요. 그것은 지금까지 제가 살아온 인생 중에서 가장 고통스럽고 비참한 순간이 될 것입니다. 만일 그녀가 나의 고백을 듣고 나를 거절하면 어떻게 할까요? 이런 일로 그녀가 나를 멀리하는 일이 생긴다 해도 나는 어쩔 수 없을 것입니다.

결국 두려움과 떨림 그리고 많은 눈물을 흘리며 나는 포진에 걸린 사실을 그녀에게 고백했습니다. 천만다행으로 그녀는 나를 버리지 않을 만큼 나를 깊이 사랑하고 있었습니다. 그래서 지금 우리는 결혼해서 같이 살고 있습니다. 그렇지만 나는 여전히 남은 인생을 한평생 이 질병과 싸우며 살아가야 합니다. 나는 '아내가 포진에 감염되지 않을까?' 또한 '아기에게 병이 옮겨지지 않을까?' 등을 여전히 염려하고 있습니다.

만일 내가 결혼식 날 밤까지 동정을 지켰더라면 얼마나 좋았을까요? 만일 나의 부모님이 나에게 이런 위험성을 경고해 주시기만 했더라면 지금 얼마나 행복할까요? 만일 학교에서 이런 무서운 결과를 가르쳐 주기만 했더라면 이런 후회는 없었을 텐데요. 그러나 나는 이것을 남의 탓으로 여길 수 없습니다. 나는 자신의 행동에 스스로 책임을 져야만 하니까요. 그때 내가 조금만 기다렸다면, 이런 후회가 없었을 텐데요…….

성병

해마다 약 1천2백만 명의 미국인들이 성병에 감염되어 있습니다. 그리고 해마다 약 3백만 명의 십대들이 12가지 정도의 주요 성병에 감염되어 생식기 이상 증세에 시달리고 있습니다. 만일 제때에 치료하지 않은 채 방치해 두면 불임증과 심장 질환, 관절염, 뇌 손상, 심지어 죽음에까지 이르게 됩니다.

≪뉴스위크≫, 1991년 12월 9일

1980년대에 와서 16세에서 20세 사이에 발생된 매독의 비율은 과거보다 50퍼센트나 높아졌습니다.

성병은 연쇄적으로 전염되는 경향이 있습니다. 성병에 감염된 사람들은 에이즈를 일으키는 바이러스인 HIV에 감염될 위험성이 더욱 높습니다.

≪타임≫, 1991년 9월 2일

에이즈

에이즈에 감염된 사람 중에 75퍼센트가 이성 간의 성관계에 의해 감염된 것으로 드러났습니다. 이것은 에이즈가 동성연애자들에게 주로 발병한다는 항간의 기우를 일축하는 것입니다.

에이즈를 일으키는 바이러스에 감염되어 있는 미국인들의 숫자는 약 1백만 명 정도입니다. 이 사람들이 모두 죽게 된다면 그것은 한국 전쟁과 베트남 전쟁에서 죽은 미국 사람들을 모두 합한 숫자보다 훨씬 더 많습니다. 그러므로 에이즈는 전쟁보다도 더 큰 재앙을 가져다주는 무서운 질병입니다.

이성 간의 성관계로 에이즈에 감염된 숫자는 1990년에만 40퍼센트가 증가되었습니다.

≪타임≫, 1991년 11월 25일

십대들 사이에 에이즈에 감염된 숫자는 14개월마다 2배로 늘어나고 있습니다.

≪타임≫, 1991년 9월 2일

콘돔

콘돔 사용을 주장하는 매직 존슨의 홍보 활동은 재고되어야 합니다. 많은 여성들은 콘돔을 사용했지만 성병에 걸렸다고 말합니다.

뉴욕의 브룩클린에 있는 세 곳의 진료소가 작성한 보고서에 의하면, 성병에 감염된 여성 환자의 21퍼센트가 규칙적으로 콘돔을 사용했음에도 불구하고 성병에 감염된 것으로 드러났습니다.

루비 세니 박사, 질병통제센터

≪연합 통신≫, 1991년 11월 13일

즐거운 성관계

청소년 시기에 성관계를 절제하라는 것은 영구히 성관계를 갖지 말라는 뜻이 아닙니다. 그것은 단지 당신이 결혼할 때까지 잠시 그 성관계를 뒤로 미루어 놓으라는 뜻입니다. 이것이 가장 현명한 선택입니다. 왜냐하면 성을 가장 만족스럽게 그리고 가장 오래도록 즐길 수 있는 유일한 방법이기 때문입니다. 이는 곧 100퍼센트 안전한 성관계를 가질 수 있다는 말입니다.

만약 당신이 죽게 된다면, 어떤 것도 즐거운 것이 되지 못합니다. 절벽 위에서 떨어지기 일보 직전에 아슬아슬하게 즐기는 것은 결코 즐거운 것이 아닙니다. 잠시만 지나면 당신의 인생은 영구히 끝나 버리기 때문입니다.

열 번째 진실 **10**

에이즈를 피하는 방법

▌에이즈를 피하는 방법

늦은 밤 텔레비전의 심야 토크쇼의 초대 손님은 부인과 헤어진 어떤 헐리우드 배우였습니다. 어느 날 그 배우는 술집에서 한 아름다운 여성을 만났습니다. 그는 그녀를 차에 태우고 호텔에서 그날 밤을 함께 보냈습니다.

다음 날 아침 그가 깨어 보니 그녀는 벌써 가 버리고 없었습니다. 그런데 욕실 거울에 립스틱으로 쓴 그녀의 메모가 남겨져 있었습니다. "멋진 에이즈의 세계로 오신 것을 환영합니다!"

에이즈의 세계는 정말 현실로 우리에게 다가와 있습니다. 그러나 그것은 결코 멋진 것이 아니라 모든 성병 중에 가장 무서운 불치의 병입니다. 만일 에이즈에 감염되면 당신은 반드시 죽게 됩니다. 에이즈는 그만큼 무서운 병입니다.

▌에이즈는 어떤 질병일까요?

'에이즈'라는 병명은 '후천성 면역 결핍증(AIDS: Acquired Immune Deficiency Syndrome)'이라는 뜻입니다. 이것은 말 그대로 면역체계(항체)가 '결핍'되는 것을 뜻합니다.

모든 사람들은 질병에 대한 '면역체계'를 가지고 있습니다. 이것은 우리 몸속에 침투하여 건강을 위협하는 질병에 대항하여 싸우고 방어하는 체계를 말합니다. 그런데 에이즈 바이러스는 바로 이러한 방어 조직인 면역체계를 공격하여 파괴시킵니다. 그 결과 사람 몸속의 방어체계는 완전히 무너집니다.

에이즈로 인해 사람이 곧바로 죽는 것은 아닙니다. 그러나 전염병이나 다른 질병에 감염되었을 때 이미 몸속에는 면역체계가 파괴된 상태이기 때문에 그 질병과 더 이상 싸울 능력이 없게 되는 것입니다. 그래서 건강한 보통 사람에게는 아무런 위험도 없고, 해롭지도 않은 바이러스(병균)나 단순한 감기 바이러스도 에이즈 환자에게는 치명적인 것이 됩니다.

▌에이즈는 어떻게 전염될까요?

에이즈는 감염된 사람의 분비액이 다른 사람의 몸속으로 침투될 때 전염됩니다. 에이즈는 대개 성 접촉을 통해 사람에게서 사람으로 옮겨집니다. 에이즈를 포함한 모든 성병은 성관계를 통해서 전염된다는 사실을 명심해야 합니다.

이 사실을 깨닫는 것은 매우 중요합니다. 당신이 누군가와 성관계

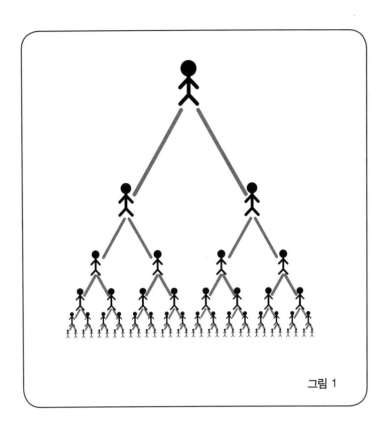

그림 1

를 가지면 당신은 과거에 성관계를 가진 몇몇 사람들이 지니고 있었던 성병균을 분양받게 됩니다. 더 나아가 몇몇 사람들의 불결한 성병균을 분양받은 상태에 있었다고 볼 수 있습니다. 결과적으로 당신은 여기에 나온 [그림1]의 피라미드형 그물 조직에 가입하게 되는 것입니다. 그런데 그 전체 조직 중에서 단 한 사람이 에이즈에 걸렸다면 당신은 이 무서운 질병에 감염될 위험이 큽니다.

보통 에이즈는 10년 이상의 잠복기를 거칩니다. 그러므로 당신은 정상적인 건강한 사람과 성관계를 했다고 안심할지 모르나, 당신의 무지함으로 인해 하나뿐인 생명을 잃게 될 수도 있습니다.

옛 속담에 "모르는 것이 약이다"라는 말이 있지만 성적인 관계에서 모르는 것은 병이요, 사망입니다. 이러한 사실을 모르는 것은 당신에게 성병으로 인한 큰 고통을 줄 뿐 아니라 에이즈로 인해 사망하는 사태까지 몰고 갈 것입니다.

국제적인 청소년 건강 연구에 따르면 대부분의 십대들은 에이즈가 어떻게 옮겨지는지에 대해서는 알고 있지만, 에이즈나 다른 성병들을 효과적으로 예방하는 방법에 대해서는 대체로 무지한 것으로 드러났습니다.

다음은 중학교 2학년부터 고등학교 1학년 학생 1만 1천 명을 대상으로 조사한 결과입니다.

● 그들 중 절반 이상은 피임약 복용이 성병을 예방하지 못한다는 사실을 알지 못했습니다.

● 거의 10명 중 4명은 자신들이 어떤 성병에 감염되었다는 의심이 생길 때 그 사실을 솔직하게 털어놓고 상담할 만한 성인이 주변에 없었습니다.

● 그들 중 절반 정도는 성관계 이후 몸을 깨끗이 씻는 것이 에이즈에 감염
될 기회를 줄인다고 알고 있거나 확실하게 알지 못하고 있었습니다. 그
러나 그것은 사실이 아닙니다.

얼마나 많은 사람들이 에이즈에 감염되어 있나요?

어림잡아 미국에만도 백만 명에서 이백만 명의 사람들이 에이즈를
일으키는 바이러스에 감염된 것으로 생각됩니다. (서울시 인구의 10분의
1 또는 5분의 1, 국내 감염 생존자 5,497명. 〈2009년 9월 기준, 질병관리본부〉)
그 숫자는 약 10개월에서 12개월마다 두 배로 불어나고 있습니다. 이
들 대부분이 현재는 에이즈에 대한 어떤 증상도 보이지 않고 있습니
다. 그러나 그들은 이 질병을 옮길 가능성을 여전히 가지고 있습니다.
이 바이러스를 지니고 있는 사람들 중 75퍼센트가 10년 안에 에이즈
를 전국에 만연되게 퍼뜨릴 것으로 예상됩니다. 그후 15년에서 20년이
지나면 에이즈 보균자들의 90퍼센트가 증상을 보이고 수백만 명이
떼죽음을 당할 것으로 예상됩니다.

어떤 무서운 질병이 당신의 몸속에서 오랜 기간(보통 10~15년) 잠복
해 있다가 그후 비로소 증상이 나타나서 당신을 죽음으로 몰고 간다
고 생각하면 아주 끔찍한 일입니다. 게다가 이 잠복기 동안에 당신은

이 질병을 당신과 성관계를 맺는 누군가에게 옮기고 있다는 것입니다. 정말로 끔찍하지 않습니까? 마찬가지로 당신의 상대자가 자신도 모르는 성병에 감염되어 그것을 당신에게 옮길 수 있습니다.

타임지는 에이즈를 인류 역사상 최악의 살인자에 비유합니다. 14세기에 발병한 흑사병(페스트)에 대해서는 "몇 년이 지나 사라진 유행성 전염병, 당시 2천5백만 전 유럽 인구의 4분의 1 또는 3분의 1을 죽게 만든 재앙"으로 보도하였습니다. 그렇지만 에이즈에 대해서는 "만일 우리가 적절한 치료법을 발견해 내지 못한다면, 인류는 현재로부터 10년 후에 수천만 명의 목숨을 앗아갈 무시무시한 세계적인 죽음 앞에 직면하게 될 것이다"라고 보도하였습니다.

에이즈가 얼마나 끔찍한 질병인지는 통계 자료만으로는 우리에게 생생하게 와 닿지 않습니다. 그래서 직접 감염자들의 고백을 들어보겠습니다.

프랭크는 병상에서 죽기만을 기다리고 있습니다. 그는 몸무게가 겨우 93파운드(42Kg)로 줄었습니다. 그의 몸은 말 그대로 뼈만 앙상하게 남았고, 그의 두 눈은 뒤로 움푹 꺼져 있습니다. 그는 먹을 것이나 용돈을 가져다 줄 친구들을 하염없이 기다리고 있습니다. 그가 누워 있는 침대 시트는 땀으로 흠뻑 젖어 있습니다. 그는 40세 된 성인입니다. 친구들은 대부분 성공하여 인생을 즐기는 시기에 이르렀지만 그는 음침한 병원에서 홀로 죽음 앞에 직면해 있습니다. 이제 더 이상 삶에 대한 애착도 없습니다. 그는 힘없는 목소리로 말합니다.

"나는 죽고 싶어. 내일이라도 죽으면 좋을 텐데……. 나는 더 이상 가망이 없어."

"우리 모두는 곧 죽게 될 것입니다." 샌프란시스코에 있는 에이즈 환자 요양원의 대표는 이렇게 말했습니다. 그곳에 수용되어 있는 또 다른 환자인 에드는 봉제 곰인형을 껴안은 채 아무 말 없이 연신 담배만 피워 대고 있습니다. 그는 하루에도 담배를 세 갑이나 피웁니다. 그의 병실에는 신선한 꽃들이 꽂혀 있고, 부모님의 사진도 걸려 있습니다. 그렇지만 에드는 그곳의 다른 모든 환자들처럼 죽는 날만 하염없이 기다리고 있습니다. 그는 침대에 누워 있지만 실제로 누워 있다는 표시가 나지 않습니다. 왜냐하면 그의 몸은 지금 너무 말라 마치 막대기를 침대 시트 속에 꽂아 놓은 것처럼 보이기 때문입니다.

데이비드 모건이 병원에 입원했을 때 그는 따뜻한 병실에서도 한기로 인해 몸을 벌벌 떨었습니다. 그는 떨지 않으려고 담요를 겹겹이 포개서 덮었습니다. 그래도 계속 추웠습니다. 그러다가 오후에는 열병이 나서 몸에 땀이 흐르면 덮었던 담요를 내려놓습니다. 그는 이렇게 하소연합니다.

"나는 정말 에이즈에 걸린 줄 몰랐어요. 한 달 내내 열이 났고, 밤에는 내 침대가 그야말로 완전히 땀으로 젖었어요. 그 땀이 얼마나 심하게 흐르는지 주체할 수 없었어요. 그래서 침대에서 마른 곳을 찾아 이리저리 몸을 뒤척거리게 됩니다. 그것은 마치 땀으로 범벅된 수영장에서 잠을 자는 느낌을 줍니다."

〈주의〉

요즈음 어떤 사람들은 에이즈에 걸린 것이 아닌데, 자기가 에이즈에 걸린 것으로 착각하고 자살을 기도하는 등 삶의 희망을 포기하는 경우를 볼 수 있습니다. 병원에서 검사를 통해 확실히 에이즈에 걸렸다는 통보를 받기 전에 지레짐작을 해서 삶을 포기해서는 안 됩니다.

▌ 에이즈의 치료법이 있는지요?

현재로서는 에이즈에 대한 치료법은 없습니다. 만일 당신이 에이즈에 감염된다면 고생하다가 죽는 것 외에 다른 선택은 없습니다. 그리고 이 병을 미리 막을 예방 주사도 없습니다. 또한 비극적인 일은 에이즈에 감염된 임산부는 그것을 태아에게 유전시킨다는 것입니다.

사실 에이즈와 다른 성병들이 끔찍하고 무서운 질병들이기는 하지만 그것을 피할 수는 있습니다. 그런데 요즘 콘돔을 사용하면 '안전한 성관계'를 즐길 수 있다고 광고하는 것을 들었습니다. 그러나 그것은 잘못된 선전 광고로 재고되어야 합니다. 사실과 다르기 때문입니다. 실제적으로 피임을 위해 콘돔을 사용한 남녀의 실패율은 해마다 10퍼센트 이상으로 나타났습니다. 어떤 연구가들은 그 실패율이 그전보다 훨씬 더 높은 30퍼센트 정도라고 말합니다. 이는 콘돔이 십대들의 임신을 막는 역할을 잘해 내지 못하고 있음을 여실히 증명하는 것입니다. 그러면 왜 콘돔이 무서운 에이즈를 예방하는 특효약이 되지 못한다는 것일까요?

만일 당신이 해변 휴양지로 가는 비행기 표를 구입하는 중이라고 생각해 봅시다. 어떤 항공사는 열 대의 비행기 중 고작 세 대 정도만 추락할 가능성이 있는 '안전한 항공사'라고 선전했습니다. 당신은 그 비행기에 마음놓고 탑승하시겠습니까? 또 비행기 열대 중 단 한대만이 추락할 가능성이 있다는 '매우 안전한 항공사'라는 말을 들었다면, 당신은 그 비행기를 타시겠습니까? 아마도 그렇지 않을 것입니다.

생사가 달린 중대한 문제에 직면했을 때 우리는 어리석게 쓸데없는 위험한 선택을 하지 않을 것입니다. 에이즈의 경우 10퍼센트가 아니라 심지어 단 1퍼센트의 위험성이 있어도 그 실패의 대가가 당신의 비참한 죽음이라고 생각할 때, 그것은 결코 안전하지 않으며, 그것을 용납해서도 안 되는 것입니다.

▌100퍼센트 안전한 성관계를 즐기는 법

사전을 찾아보면, '안전한'이란 말은 '위험으로부터의 자유로움, 재난에 대한 위험이 포함되지 않는 것'이라고 쓰여 있습니다. 바꾸어 말해서 '안전한'이란 '절대적으로 위험이 없는 것'을 의미합니다. 당신은 안전한 성관계를 즐길 수도 있고 그렇지 못할 수도 있습니다. 만일 어떠한 위험이라도 발생할 가능성이 있다면, 그것은 결코 안전하지 않습니다.

청소년들을 위해 제작된 에이즈 예방 교육용 비디오에서는, 자신들을 에이즈로부터 예방할 수 있는 최상의 방법은 '상대의 감염 여부를 알아볼 것', '콘돔을 사용할 것', '동성연애를 피할 것' 그리고 '마약이나 술을 마신 상태에서 성관계를 하지 말 것'을 가르치고 있습니다.

그러나 위의 방법들은 에이즈를 예방하는 최선의 방법이 되지 못합니다. 에이즈 감염을 100퍼센트 예방하는 훨씬 좋은 방법이 있습니다. 그것은 결혼 때까지 성욕을 절제하고 성관계를 연기하는 것입니다.

결혼 전에 성관계를 하지 않는 젊은이는 똑같이 순결한 사람과 만나 결혼을 하게 되며, 에이즈나 다른 성병에 대해서도 전혀 걱정할 필요가 없게 됩니다. 그 부부는 서로의 신뢰 속에 정말 100퍼센트 안전한 성관계를 오래도록 즐길 것입니다.

요약하면 에이즈나 그 밖의 무서운 성병들은 우리가 살고 있는 세상을 매우 위험하게 만들어 버렸습니다. 결혼 전에 성욕을 무분별하게 사용하지 않는 것과 결혼 후에 서로만을 사랑하겠다는 서약을 진실하게 지키는 것만이 안전한 성관계를 가지는 최선의 길입니다.

에이즈에 관한 문답

Q_ 에이즈와 HIV는 서로 어떤 관계에 있습니까?

A_ 에이즈는 '후천성 면역 결핍증'을 뜻하는 병명이고, HIV는 에이즈라는 질병을 일으키는 바이러스의 이름입니다. HIV란 '인형 면역 결핍 바이러스(Human Immunodeficiency Virus)'란 뜻입니다.

Q_ 에이즈 환자와 HIV 보균자는 같은 말입니까?

A_ 같다고 볼 수 있습니다. 그러나 엄밀히 따지면 HIV 보유자는 에이즈를 일으키는 바이러스를 갖고 있으나 아직 잠복기에 있어서 겉으로 보기에는 정상적인 사람과 다름없습니다. 그런데 때가 되면 HIV 보균자는 피부에 반점이 돋고 몸에 식은땀이 나고 추위를 느끼는 등 병세가 완연히 드러날 때가 있습니다. 이때 우리는 그 사람을 에이즈 환자라고 부릅니다.

Q_ 에이즈의 잠복기간은 얼마나 됩니까?

A_ HIV에 감염되고 나서 보통 8~10년 후에 에이즈로 발병합니다. 이 기간은 사람에 따라, 치료 방법에 따라 지연시킬 수는 있으나 치료는 불가능합니다.

Q_ 에이즈 검사는 어디서 가능한가요?

A_ 전국의 병원이나 보건소에서 가능합니다. 병원은 검사비(만원 내외)를 청구하지만, 보건소에서는 무료로 검사해 주고 있습니다. HIV는 주로 성관계에 의해서 감염되므로 성관계를 하지 않은 사람이 에이즈에 걸렸을까 걱정할 필요는 거의 없습니다.

Q_ 에이즈에 걸렸다는(HIV에 감염되었다는) 생각이 들면 언제 검사를 받는 것이 좋을까요?

A_ 의심이 가는 성관계가 있은 지 3개월 후부터 검사를 받는 것이 좋습니다.

Q_ HIV는 어떤 경로를 통해 감염되나요?

A_ 주로 혈액, 정액, 질 분비액입니다. 그러므로 성관계나 수혈 등으로 감염된다고 볼 수 있습니다. 그러나 수혈은 미리 HIV 항체 검사를 실시하여 안전한 혈액만 사용하고 있으므로 별 문제가 없습니다. 그런데 마약 사용자들은 같은 주사기를 돌아가면서 사용하다가 HIV에 감염되는 가능성이 높습니다. 그 외 감염 경로로는 출산 시 태아가 모태로부터 HIV를 유전하는 경우입니다.

Q_ 단 한 번의 성관계를 통해서도 감염되나요?

A_ 누가 HIV 보균자인지 겉으로 보아서는 모릅니다. 본인 스스로도 모르는 경우가 허다합니다. 그러나 만약 상대방이 HIV 보균자라면 단 한 번의 성관계로도 감염될 가능성이 대단히 높습니다.

Q_ 헌혈할 때 감염되지는 않을까요?

A_ 헌혈 시 사용되는 바늘들은 1회용입니다. 그러므로 헌혈은 안전합니다.

Q_ 키스로 감염될 수 있나요?

A_ 가볍게 하는 입맞춤으로는 감염되지 않습니다. 다만 상
대방의 침속에 피가 소량 섞여 있어서 HIV가 소량이나
마 그 피 속에 섞여 있고, 자신의 입속에 상처가 있는 경
우에는 희박하지만 감염될 가능성이 있습니다.

Q_ 화장실에서 감염될 수 있나요?

A_ 양변기에 피나 정액, 질 분비액 등이 잔뜩 묻어 있고 그것
이 HIV를 가지고 있으며 내 피부에 상처가 있어 그 상처
에 피가 접촉하였을 경우에만 가능합니다. 그러나 이런
경우는 거의 없으니 변기를 통해 감염될 위험은 거의 없
다고 보면 됩니다.

Q_ 우리 나라의 에이즈 감염자 수는 몇 명입니까?

A_ 감염이 확인된 사람은 2010년 기준으로 7,656명이고 생
존자 수는 6,291명입니다. 이들은 헌혈자, 의료 기관 방
문자들의 혈액 검사에 의해 발견한 경우입니다. 그러나
전 국민을 상대로 검사를 할 경우 실제 감염자 수는 발

견된 수의 약 3~5배 이상이 될 것으로 추정하고 있습니다. 특별히 주의할 사항은 감염자의 80%가 20~30대로 밝혀졌으며, 내국인 간 성접촉에 의한 감염이 급증하고 있다고 합니다.

Q_ 세계의 에이즈 감염자 수는 몇 명입니까?

A_ 대륙별 환자 발생 현황은 아래와 같습니다.

지역	환자 수
북미	140만
카리브해	24만
남미	200만
서중부 유럽	85만
중동	31만
남아프리카	2,240만
유라시아	150만
중앙아시아	85만
동남아	380만
호주	5만 9천

전체 33,400,000명 (2009년 말 기준)
* 실제 감염자 수는 위에 확인된 숫자의 약 20배로 추정됩니다(WHO)

Q_ 에이즈에 걸리면 완치가 가능한가요?

A_ 에이즈는 완치 불가능한 질병입니다. 그러나 에이즈에 걸렸다고 해서 바로 사망하는 것은 아닙니다. HIV에 감염되어 오랜 기간의 무증상기를 거치는 동안 체내의 면역능력이 소진되어 에이즈 증상이 나타납니다. 그 증상이 심해지면 소생 불가능하여 죽음에 이르게 됩니다. 하지만 HIV 감염 사실을 미리 알고 적절한 치료와 건강관리를 한다면 좀 더 오랫동안 건강하게 살 수 있습니다.

나는 성폭행을 당했어요

"나는 성폭행을 당했어요"

어느 고등학교에서 청소년 성교육에 대한 강연회가 끝난 후, 섬세한 외모에 날씬한 몸매를 지닌 노라라는 금발 소녀가 상담을 하기 위해 나를 기다리고 있었습니다. 노라는 머뭇거리면서 말을 꺼냈습니다.

"만일 어떤 소녀가 의붓아버지에게 성폭행을 당했다면 그녀는 어떻게 해야 하나요? 제가 말씀드리는 뜻은 그녀가 순결한 사람인가요? 아니면 순결을 잃었다고 보아야 하나요?"

물론 그녀는 자신에 대한 이야기를 하고 있었습니다. 나는 노라와 더 많은 대화를 나누면서 이 일이 최근에 일어난 것이 아니라 그녀가 어릴 적에 우연히 일어났던 일임을 알게 되었습니다.

노라는 다음 두 가지 사실을 알아야 합니다.

첫째, 그녀가 피할 수 없는 상황에서 강제적으로 벌어진 일에 대해서는 자신에게 도의적 책임이 없다는 것. 둘째, 지나간 과거를 묻어 두고 새로운 생활을 시작하는 데는 상담자의 도움이 필요하다는 것입니다.

많은 젊은이들이 노라의 상황과 비슷한 처지에 있습니다. 그들도 역시 자신의 의붓아버지나 다른 친척들에 의해 성폭행을 당한 적이 있습니다. 성폭행은 평생 동안 마음에 치료되지 않는 상처로 남게 됩니다. 그리고 언제나 자신이 어느 정도는 그 불행한 사태에 대해 책임이 있다고 자책하게 됩니다. 그래서 수치심과 심한 죄책감을 느낍니다.

만약 당신이 지금 노라와 같은 상황에 처해 있다면 당신은 바로 '지금' 숙련된 전문 상담가의 도움을 요청해야 합니다. 아니면 당신이 신뢰할 만한 어른을 찾아가십시오. 그리고 당신의 마음속에 일어나고 있는 모든 생각을 솔직하게 그분에게 말씀드리십시오. 당신은 그 상흔에서 벗어나게 될 것입니다. 되도록 빨리 그런 상황에서 벗어나지 않으면 안 됩니다.

만일 당신이 과거에 성추행을 당한 적이 있어도 마찬가지입니다. 그것이 아직도 당신에게 정신적 충격과 말못할 고민으로 남아 있다면, 빨리 전문 상담가의 도움을 받아야 합니다. 사람들은 자기만 알고 있는 비밀과 고민이라고 하지만, 그것을 믿을 만한 사람에게 솔직하게 털어놓게 되면 아무런 고통과 고민이 되지 않는 경우가 허다합니다. 그러므로 신뢰할 만한 상담자를 찾으십시오.

열두 번째 진실 12

제2의 순결

▌제2의 순결

"나는 순결을 잃었어요! 나는 그것이 장래 결혼할 사람을 위해 소중히 간직되어야 하는 것인지 미처 몰랐어요. 나의 순결을 되돌릴 수 있을까요?"

아니오, 그럴 수는 없습니다. 당신의 순결은 단 한 번만 줄 수 있는 소중한 것입니다. 당신은 외형적이고 '육체적인 순결'은 되돌릴 수 없습니다. 그러나 '마음의 순결'은 회복할 수 있습니다. 비록 당신이 과거 한순간에 실수했다 하더라도, 앞으로는 마음의 순결을 지키며 살겠다고 결심할 때 그것을 '제2의 순결(Secondary Virginity)'이라 말합니다.

즉 '제2의 순결'이란 앞으로 결혼할 때까지 어느 누구와도 더 이상 성관계를 갖지 않겠다는 마음의 결단을 말합니다. 그리고 그 결심을 끝까지 굳게 지켜 나가는 것입니다. 그러면 당신은 결심한 대로 행복한 결혼의 열매를 거두게 될 것입니다. 당신은 이제 전혀 딴 사람이 되었습니다. 어떤 사람들은 한 번 성관계를 경험하고 나면 앞으로도 습관적으로 계속 성관계를 갖게 될 것이라고 말합니다. 그래서 아예 "항상 콘돔을 휴대하고 다녀라. 왜냐하면 너는 그것을 거절할 수도 없고, 거절하려 하지도 않을 것이다"라고까지 말합니다.

그 말은 옳지 않습니다. 당신은 변화될 수 있습니다. 당신이 과거에 실수를 한 번 했다고 해서 똑같은 실수를 반복해야만 하는 것은 아닙니다. 만일 당신이 어느 날 밤 파티에서 술을 지나치게 많이 마셨다고 해서 당신이 앞으로도 계속 파티 때마다 술에 가득 취해 있어야만 하는 것은 아닌 것과 같은 논리입니다.

당신이 과거에 성관계를 갖는 실수를 범했다고 할지라도 앞으로는 그와 같은 실수를 반복해서는 안 됩니다. 이제 당신은 제2의 순결 을 선택할 수 있습니다. 오늘도 수천 명의 청소년들이 당신과 같은 '순결 서약'을 하고 있습니다.

왜 십대들이 제2의 순결을 선택할까요? 거기에는 몇 가지 이유가 있습니다. 그것들은 다음과 같습니다.

- 나는 내가 잘못하고 있다는 것을 이제서야 깨달았어요.
- 나는 계속 남자에게 이용당해서는 안 된다는 것을 알았어요.
- 솔직히 에이즈나 다른 성병에 감염될까 봐 무서웠어요.
- 나는 과거에 실패의 쓰라린 체험을 통해 중대한 교훈을 배웠어요.
- 내가 그것으로부터 얻은 것은 잃어버린 것에 비하여 아무 가치도 없는 것이었어요.
- 나는 생식 기관에 손상을 주는 그런 위험한 일을 원치 않아요.

제2의 순결을 선택하는 것은 영원히 성관계를 거절하라는 말이 절대 아닙니다. 단지 이것은 지금의 무가치하고 위험한 성관계에 뛰어들지 말라는 뜻입니다. 그 결과 당신은 결혼한 이후에 충분히 성의 즐거움을 만끽할 수 있게 될 것입니다.

당신은 새롭게 시작할 수 있습니다

당신은 새 출발을 할 수 있습니다. 그리고 '마음의 순결'을 회복할수 있습니다. 당신의 마음속에 가진 순수함과 순결함으로 새사람이될 수 있습니다. 그러나 결심한 것을 실천하기 위해서는 여러분의 피나는 노력이 필요합니다.

만일 당신이 지금 어떠한 성관계에도 연루되어 있지 않다면, 장래의 결혼을 통한 정상적인 관계를 위해 모든 유혹을 참고 기다리겠다는 결심을 더욱 굳세게 하십시오.

만일 당신이 지금 누군가와 성적으로 교제중에 있다면 그 관계를 끊기 위해 최선을 다해야 합니다. 당신은 현재 육체적인 결합에 익숙해져 있습니다. 그리고 그 관계를 끊는 것은 차가 즐비하게 늘어선 고속도로에서 후진하려고 하는 것 같이 어렵고 힘들게 여겨질 것입니다. 그렇지만 당신은 보다 행복한 미래를 위해서 '지금' 결단해야 합니다.

어떤 소녀가 제2의 순결을 선택하고 나서 말했습니다.

"나는 과거에는 실수를 했어요. 그렇지만 지금부터는 달라질 거예요!"

그녀는 정말 달라졌습니다. 그런데 몇 년이 지나서 그녀가 진정으로 좋아하는 어떤 남자를 만난다면 과연 어떻게 해야 하나요? 그녀는 이렇게 고민할 것입니다.

"그에게 나의 과거를 어떻게 고백하지? 그리고 언제 그 말을 꺼내야 하지?"

당신이 처음 교제를 시작하자마자 그 얘기를 꺼낼 필요는 없습니다. 다만 남자가 당신의 몸을 만지는 것과 한적한 곳에서 헛되이 시간을 보내는 것을 단호히 거절하는 행동을 그에게 보여 주십시오. 이러한 행동은 꼭 필요합니다. 당신이 이렇게 나오면 당신을 인격적으로 사랑하지 않고 단지 육체적 탐닉의 대상으로 생각하던 남자들은 모두 당신 곁을 떠나게 될 것입니다.

그렇게 단호하게 나가도 그가 당신 곁을 떠나지 않고 진지하게 계속 접근해 온다면 이제는 사태를 직면해야 합니다. 이때가 바로 진실을 말할 기회입니다.

"사실 나는 순결한 여자가 아니에요. 그렇지만 지금은 옛날처럼 가벼운 여자도 아니에요. 나는 변했어요. 그리고 지금 이 모습을 결혼할 때까지 계속 간직할 거예요!"

이제 남자는 당신이 "과거가 있었다"는 것을 알게 되었을 것입니다. 그러나 당신은 그것을 너무 상세하게 설명하거나 변명할 필요는 없습니다. 짧게 사실만 이야기하면 족합니다.

어쩌면 그는 실망해서 당신 곁을 떠나갈지도 모릅니다. 만약 그런 일이 생기면 할 수 없습니다. 그것은 당신이 혼전에 저지른 실수에 대해 응당히 치러야 하는 대가이므로 그것을 겸허히 받아들이십시오. 그러나 그가 당신을 진정으로 사랑한다면 새로이 순결한 생활을 시작한 당신의 '마음의 순결'과 솔직하고 진실한 당신의 인격을 진심으로 존경하게 될 것입니다. 그는 자신이 오래전부터 찾고 있었던 여자라고 결정하게 될 것입니다.

이런 것이 오직 소녀들에게만 적용되는 이야기로 들릴지도 모르겠습니다. 그러나 소녀들과 마찬가지로 순결(또는 동정)은 소년들에게도 똑같이 중요합니다. 소녀들에게 순결이 소중한 만큼 소년들에게도 순결은 소중한 것입니다.

청소년들이여, 여러분의 만남을 신중하게 생각하십시오. 쓸데없이 시간을 낭비하지 마십시오. 내키지 않는데 이루어진 만남은 서로에게 시간 낭비와 고생이 될 뿐입니다. 데이트가 끝나면 남자는 아마 이렇게 말할 것입니다.

"미안하지만 이제 그만 만나야겠어!"

그리고 집으로 가버립니다. 만일 당신이 데이트 상대자를 두 명, 세

명 또는 네 명을 만든다면, 그런 허무한 일—거절당하는 일—은 더욱 많이 생길 것입니다.

당신은 과거의 실수를 극복할 수 있습니다. 당신이 지금 '순결' 또는 '제2의 순결'을 선택하기만 하면, 당신은 반드시 행복한 결혼생활을 맛볼 수 있을 것입니다. 과거에 잘못된 성관계를 가졌던 어떤 소녀는 "나는 이 남자, 저 남자와 성관계를 가졌어요. 그렇지만 결코 진정한 사랑을 찾을 수 없었어요!"라고 고백했습니다. 그리고 그녀는 제2의 순결을 선택한 이후에야 비로소 진정한 사랑을 찾았다고 말했습니다. 그녀의 이야기는 다음과 같습니다.

"나는 직장에서 레이를 알게 되었습니다. 그는 내가 이전에 교제했던 사람들과는 달랐습니다. 그는 너무 친절하고 좋은 사람으로 여겨졌습니다. 그와 나는 곧 친구가 되었습니다. 우리는 데이트를 시작했고 우리 사이는 곧 연인 관계로 발전했습니다.

물론 나는 레이와 성관계를 갖기 원했습니다. 그때 나는 남녀 교제 사이에 있어서 성관계는 당연한 한 부분으로 잘못 알고 있었습니다. 그러나 그는 망설였습니다. 결국 나는 그와 성관계를 가졌고, 문제는 성관계를 가진 후에 그의 태도가 달라진 것입니다.

앞서 말씀드린 바대로 처음에 교제를 시작했을 때 레이는 아주 착한 사람이었습니다. 아마 나를 처음으로 따뜻하게 대해 준 사람으로 기억됩니다. 그런데 이제 그는 나를 만나면 무조건 성관계만을 요구하는 사람으로 변해 버렸습니다. 나중에야 나는 그가 성경험이 처음이었다는 사실을 알게 되었습니다. 그리고 나와 성관계를 갖기 위해 스스로 지켜 왔던 윤리적 기준들을 포기해 버렸다는 사실도 알게 되었습니다.

이후 나는 이제 그와 만나는 것이 싫어졌습니다. 그리고 이것이 진정한 사랑이라 하더라도, 결혼 전에 성관계를 하는 것이 정말 잘못된 일임을 처음으로 인식하기 시작했습니다. 그것이 아름다운 사랑이라는 것은 새빨간 거짓말이었습니다. 그것은 사랑이라기보다 탐욕과 이기심, 강제성을 띤 욕구일 뿐이었습니다.

나는 이런 성적 교제 관계가 싫어졌습니다. 그렇지만 레이에게 더이상 성관계를 갖지 않겠다는 말을 꺼내는 것이 무척 어려웠습니다. 내가 먼저 관계를 원했는데 이제 와서 그가 원하는 성관계를 내쪽에서 끊는다는 것은 쉽지 않았습니다. 그는 나에게 더 많은 신뢰감을 주기 위해 약혼반지를 선물했습니다. 하지만 그것이 제 마음을 돌려놓지는 못했습니다.

그는 더욱 적극적으로 나왔으나, 나는 우리의 교제에서 중요시되는 것은 단지 성관계뿐이라는 사실을 깨달았습니다. 우리가 교제한 지 2년이 되어, 내 손가락에 약혼반지가 끼워져 있는 채로 내 생애의 커다란 결단을 내렸습니다. 나는 그와 이별을 선언했습니다. 그리고 그 어디엔가 있을 진정한 사랑을 다시 찾기로 했습니다. 그제야 비로소 나는 처음으로 참된 평안과 참사랑을 발견했습니다.

석 달 후에 나는 레이를 다시 만났습니다. 그동안 안부를 서로에게 물은 후, 나는 변화되어 새사람이 되었다는 것을 그에게 말했습니다. 그리고 제2의 순결을 마음속에 서약했다고 말했습니다. 그러자 그도 역시 지금이라도 늦지 않았다며 마음의 순결을 지켜야 할 필요성을 솔직하게 시인했습니다.

우리는 다시 만나 교제하기 시작했습니다. 그러나 이제 우리는 만나도 성관계를 갖지 않았습니다. 우리는 아름답고 정다운 대화와 진실한 우정에서 우러나는 참된 교제를 나누게 되었습니다.

나는 종래의 방식을 포기하고 그와 결별한 이후 참되고 진정한 사랑을 찾기로 결심한 것이 이렇게 많은 행복과 기쁨을 가져다주게 될지는 이전에 미처 생각하지 못했습니다. 지금 나는 레이와 정식으로 결혼하여 행복한 가정을 꾸며 살고 있습니다. 그리고 우리가 결혼 때까지 성관계를 기다리며 미뤄왔던 것이 결국 오늘의 행복한 결혼을 만들어 준 계기요, 축복이 되었다는 사실을 다시 한번 절실히 깨닫게 되었습니다."

요약하면 당신의 순결은 일생에 단 한 사람에게만 그리고 단 한 번 밖에 줄 수 없는 소중한 것입니다. 만약 당신이 육체적인 순결을 잃었다면 그것은 되돌릴 수 없습니다. 그러나 당신의 '마음의 순결' 또는 '제2의 순결'은 회복이 가능합니다. 그것은 지금 이후로 결혼할 때까지 더 이상의 성관계를 갖지 않겠다는 것을 의미합니다. 그리고 그 결심을 굳게 지키는 것입니다. 그것이 쉽지는 않을 것입니다. 그러나 그 대가는 굉장한 것입니다.

당신은 새롭게 될 수 있습니다! 당신은 행복한 결혼을 꿈꿀 수 있습니다!

열세 번째 진실 **13**

가장 만족스러운 섹스

▌가장 만족스러운 섹스

이 세상의 모든 사람들은 '만족스럽지 못한 섹스(poor sex)'와 '만족스러운 섹스(good sex)' 그리고 '가장 만족스러운 섹스(best sex)'의 세 가지 중 한 가지를 선택하게 됩니다. 당신은 어느 쪽을 택하시겠습니까? 두말 할 나위 없이 '가장 만족스러운 섹스'를 선택할 것입니다.

그럼 가장 만족스러운 섹스를 가지기 위해서는 어떻게 해야 할까요? 이제 나는 다음과 같은 제안을 합니다.

가장 만족스러운 섹스는 남녀 간에 진실한 사랑이 있을 때 이루어집니다.

누군가를 '진정으로 사랑하는 것'과 '그저 섹스를 하는 것'은 근본적으로 다릅니다. 그저 성충동이 일어나서 섹스를 하는 것은 전혀 사랑하지 않고서도 행할 수 있는 성행위입니다.

미국의 레이우드 고등학교에 있는 어느 학생 서클 회원들은 가능한 한 많은 소녀들과 섹스를 하기 원했습니다. 그들은 자신들과 섹스를 한 여자들의 수를 헤아리고 있었습니다. 그중 리더 격인 한 남학생은 수십 명의 여학생들과 섹스를 한 것을 자랑스럽게 떠벌립니다. 그러나 그렇게 많은 여자들과 섹스를 했다고 해서 그것이 '가장 멋진 섹스'는 결코 아닙니다.

상대 소녀는 자기가 단지 그 남학생의 '기록'을 경신해 주는 데 도구로 이용되었다고 생각하면 얼마나 끔찍하게 여길까요? 우리는 이런 일에 놀라지 않을 수 없습니다.

진실한 사랑이 없는 육체적인 섹스 그 자체는—아무리 횟수가 많다 하더라도—결국 몸에 부담을 주는 무리한 운동보다 더 형편없는 것입니다. 사람들은 그것을 '끝내 주는 것'이라 말하지만, 사실 진짜 멋진 섹스에서 느끼는 끝내 주는 기쁨에는 10분의 1에도 미치지 못합니다. 그러므로 많은 십대들이 실제로 "섹스가 뭐 그리 대단한 거야? 나도 경험해 봤어, 그런데 그것은 별것 아니야!"라고 말하는 것은 전혀 이상한 일이 아닙니다.

당신은 앞서 말한 여학생 농락 클럽의 리더처럼 많은 상대와 섹스를 할 수 있을지도 모릅니다. 그러나 결국 그것이 당신에게 멋진 만족감을 주지 않는다는 사실을 체험하게 될 것입니다. 당신이 깨닫든지 못 깨닫든지 간에 "우리는 진정으로 나를 사랑해 주고, 또한 관심을 가져 줄 한 사람을 간절히 찾게 된다!"는 말은 엄연한 사실입니다.

아직 나이 어린 청소년들은 "이제야 비로소 내가 바라던 진정한 사랑을 찾았어!"라며 섹스를 서두르려고 합니다. 그렇지만 혼전 섹스는 진정한 사랑에 이르게 하지 못합니다. 사실 그것은 당신이 진정한 사랑을 찾을 기회를 점점 사라지게 할 뿐입니다.

가장 만족스러운 섹스는 당신이 진정으로 존경하는 사람과 함께 하는 것입니다.

당신은—특히 남자들—전혀 존경하지 않거나 좋아하지 않는 사람과도 성을 즐길 수 있습니다. 그러나 그것은 분명히 만족스러운 섹스를 가져다주지 않습니다. 도리어 가장 혐오스런 섹스를 체험하게 될 것입니다.

가장 만족스러운 섹스는 완전히 자유로울 때 가능합니다.

당신이 혹시 어떤 성병에 걸리지 않을까 두려워하거나 임신을 하게 되지 않을까 하는 불안한 마음이 있을 때는 충분히 만족스러운 성적 환희를 즐길 수 없습니다. 최고로 만족스러운 섹스는 아무 두려움이 없고, 수치스러움도 없으며, 자기 양심에 조금도 거리낌이 없을 때 비로소 가능한 것입니다.

'가장 만족스러운 섹스는 서로 간에 오직 당신만을 영원히 사랑하겠다'라는 헌신이 있을 때 이루어집니다.

진실한 사랑은 서로를 영원히 신뢰할 수 있습니다. 진실한 사랑을 나누는 이들은 결혼 후에 시련과 역경이 닥쳐도 자신이 헌신하기로 약속한 배우자로부터 떠나지 않습니다. 그리고 언제나 서로의 곁에 머뭅니다.

결혼식 절차 없이 동거하는 남녀가 점점 늘어나고 있습니다. 동거 형태는 대개 여자보다는 남자들이 더욱 좋아합니다. 왜 그럴까요? 그들은 더러운 옷을 세탁해 주고, 밥을 지어 주며, 그들이 원할 때 섹스를 마음껏 할 수 있는 사람을 소유하길 원합니다. 그러나 그렇게 하면서도 자신의 행동에 대해 책임을 느끼지 않고, 자신이 원하면 언제든지 떠날 수 있기 때문입니다.

이것이 편리하게 보일지는 모르겠습니다. 그렇지만 분명한 사실은 그것이 '가장 만족스러운 섹스'는 아니라는 것입니다. 실제로 동거하며 지내는 여성들이 공통적으로 하는 불평은 바로 이런 것입니다. "내가 이용당하고 있다고 느껴요……." 그들이 그렇게 생각하는 것은 당연합니다.

그러면 왜 동거하는 여자들은 그 생활을 빨리 청산하지 못하는 것일까요? 가장 흔한 대답은 그들이 언젠가 동거하는 남자와 결혼할 생각을 가지고 있다는 것입니다. 그러나 그들의 기대는 대개 어긋납니다. 결국에는 버림을 받고 실망과 후회로 끝나게 됩니다.

가장 만족스러운 섹스를 하려면 서로를 아는 데 충분한 시간이 필요합니다.

섹스는 남녀의 섬세한 만남입니다. 남성과 여성은 성에 대해 각기 다르게 반응합니다. 여러 가지 면에서 다르지만 가장 근본적인 차이점 한 가지는 여성이 느리게 그리고 천천히 성을 느끼는 반면, 남성은 빠르게 진행되기를 원한다는 것입니다.

가장 만족스러운 섹스는 서로를 기쁘게 해주는 것입니다. 한 사람과 여러 번의 관계를 하면 상대방을 더욱 기쁘게 해주는 방법을 점점 배우게 됩니다. 어느 누구와 쉽게 섹스하는 사람은 상대가 가진 섬세하고 독특한 특성을 결코 알지 못합니다. 모든 사람은 성적 특성이 제각기 다르기 때문입니다.

그러므로 여러분이 한 사람과 지속적인 섹스를 할 때만 점점 멋진 기분을 만끽하게 될 것입니다. 서로를 알기까지는 충분한 시간이 필요합니다.

가장 만족스러운 섹스는 '임신의 불안이 없을 때' 이루어집니다.

어떤 여자는 이렇게 말합니다. "옛날에는 사람들이 결혼한 후에 섹스를 했어요. 그렇지만 요즈음 피임 기술이 발달되어서 임신에 대한 걱정을 없애 줍니다. 그런데 저는 주위에 확실히 믿고 의지할 만한 남자가 없을 때 성적으로 더욱 방황하게 돼요!"

물론 당신은 그런 변명을 늘어놓으며 주위의 여러 사람과 섹스를 즐기고 있습니다. 그렇지만 그것이 분명히 '만족스러운 섹스'라고 말할 수는 없을 것입니다. 만족스러운 섹스는 오직 임신이 두려움이 아니라 기쁨으로 느껴질 때 비로소 가능한 것입니다. 당신이 임신을 두려워하거나 피임법 등을 생각하고 있는 이상, 그것은 진정한 행복을 누리는 멋진 섹스는 아닙니다.

만약 미혼녀가 섹스를 진정으로 원한다면, 그녀는 자신에게 "만약 내가 임신을 하면 어떻게 하지?"라는 질문을 던져서는 안 됩니다. 대신에 "내가 임신한 후에 어떻게 할까?"라고 자문해 보아야 합니다.

임신은 미혼 여성의 생활에 비극적인 결과를 가져다 줍니다. 그것은 정말 충격적인 사건이 될 것입니다. 어떤 소녀는 산부인과 의사의 진찰을 받고 나서 의자에 주저앉아 양손으로 얼굴을 가리고 흐느끼기 시작했습니다. "나는 임신했어요. 이제 나는 어떻게 해야 하나요?" 그녀는 지금 태산같이 큰 문제 앞에 직면해 있음을 실감하게 됩니다. 그녀의 이후 생활은 결코 이전과 같지 않습니다. 임신 후는 모든 것이 180도 달라집니다.

또 다른 젊은 여성이 바로 다음 순서로 의사의 진찰을 받았습니다. 그녀도 앞의 여자와 똑같이 임신되었다는 진찰 결과를 들었습니다. 그러나 두 사람의 반응에는 큰 차이가 있습니다. 그녀는 결혼 후에 가진 임신이었기 때문에 온 가족에 큰 기쁨을 주는 희소식이었습니다.

그녀는 얼굴에 환한 웃음을 띠고 진찰실에서 나옵니다. 그녀는 이 기쁜 소식을 조금이라도 빨리 남편에게 알리려 합니다. 그리고 순식간에 친척들과 친구들에게도 이 사실을 알립니다. "당신과 나, 우리 사이에 아기가 생겼어요!"

▌이 모든 것은 결과적으로 무엇을 뜻하는 것일까요?

그것은 결국 '결혼'을 애기하는 것입니다. 물론 당신은 결혼하지 않고도 성경험을 할 수 있습니다. 그러나 당신이 '가장 만족스러운 성관계'를 원할 때는 언제나 '결혼 안에서'입니다. 행복한 결혼에는 세 가지 종류의 사랑이 필요합니다. 그것은 피라미드 형태로 나타낼 수 있습니다. 피라미드의 맨 아랫 부분, 즉 가장 기초가 되는 부분에 필요한 것은 '진정한 사랑'입니다. 그것은 상대방의 이익을 위해 희생하는 이타적이고 헌신적인 사랑입니다. 행복한 사람은 상대를 이타적으로 사랑하고, 상대로부터 이런 사랑을 받는 사람입니다.

그 다음 단계는 '친구 간의 사랑(Friendship Love)'입니다. 이것은 당신이 좋은 친구를 대할 때 느끼는 사랑과 같은 것입니다. 행복한 결혼

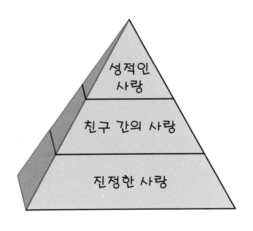

생활을 위해서 배우자와 함께 있으면 친구처럼 편안하고 즐거운 느낌을 줄 수 있어야 합니다.

마지막 단계, 피라미드의 맨 윗 부분에 비로소 '성적인 사랑(Sexual Love)'이 위치합니다. 많은 사람들은 이것이 결혼생활의 주된 부분이라고 생각합니다. 그러나 사실은 그렇지 않습니다. 분명히 말하자면 '성적인 사랑'은 아래 두 단계의 기초가 없이는 완전히 성립되지 못합니다.

그러므로 '만족스러운 섹스'는 당신이 상대방을 사랑하는 것만큼이나 상대방이 당신을 이타적으로 사랑할 때, 그 사람과 함께 지내는 것이 오래 알고 지내던 친구처럼 편안할 때 비로소 가능합니다. 진정한 사랑과 서로에 대한 신뢰 그리고 친구처럼 편안함은 오직 결혼생활 속에서 이루어집니다. 그 가운데 남편과 아내는 서로에 대한 사랑을 충분히 표현할 수 있습니다. 이것이 진정으로 '가장 바람직한 섹스'입니다. 이 세 가지 종류의 사랑에 대해 더 자세히 알기 원하면 《사랑과 데이트 Love And Dating》를 읽어보시기 바랍니다.

여기서 한 가지 덧붙이고 싶은 말이 있습니다. '가장 만족스러운 섹스'는 당신과 당신의 상대자가 혼전에 순결한 삶을 살아서 과거의 성경험으로 인해 아무런 '부담감'을 느끼지 않고 결혼했을 때 이루어진다는 것입니다. 혼전 성관계는 성병에 감염될 위험뿐만 아니라 결혼 후 만족스러운 성생활을 저해하는 요인이 됩니다. 마치 컴퓨터가 과거에 입력된 자료를 기억하고 있듯이 사람들은 과거의 행동과 감정들을 말끔히 지워 버리지 못한 채 아련한 기억 속에 담아 둡니다. 특히 사람들은 처음 가진 성관계에 대한 인상은 쉽게 잊어버리지 않고 오래도록 기억합니다. 그래서 그 '첫사랑'의 기억과 경험들이 결혼 후에도 '부담감'으로 작용합니다.

당신이 결혼 전에 섹스를 경험하게 되면 대개 죄의식, 두려움 그리고 자기 상실감을 느끼게 될 것입니다. 죄의식을 느끼는 것은 당신이 잘못된 행동을 하고 있다는 것을 양심으로 깨닫기 때문입니다. 두려움은 '성병에 걸리지 않을까?', '임신이 되지 않을까?', '섹스에 집착해 아무 일도 못하게 되지 않을까?' 하는 생각들로부터 옵니다. 결국 당신은 스스로 도덕적인 자존심을 잃어버림으로써 스스로 부도덕한 사람이라는 심한 열등감을 느끼게 될 것입니다.

어떤 소녀가 남자 친구와 섹스를 가졌을 때의 느낌을 이렇게 털어 놓았습니다.

"우리가 섹스를 할 때마다 나는 그에게 친밀감과 깊은 온정을 느꼈습니다. 그러나 그것은 잠깐이었어요. 섹스가 끝나면 우리는 옷을 입고 집으로 돌아가곤 했답니다. 그후에는 서로에 대한 아무런 신뢰감도 없었고, 내일에 대한 약속도 없었으며, 무엇보다 진정으로 사랑하는 감정이 전혀 없었습니다. 나는 집으로 혼자 돌아오면서 마음이 아팠습니다. 다음 날 아침 잠에서 깨었을 때 나 자신이 마치 쓰레기 조각처럼 느껴졌습니다……."

당신이 섹스를 할 때마다 당신은 죄책감과 두려움 그리고 스스로 친구들보다 도덕성이 결여되어 있다는 심한 열등 의식을 느끼게 될 것입니다. 당신이 그것을 깨닫든지 아니면 그렇지 못하든지 간에 그것은 사실입니다. 당신은 성관계에 대한 인상을 이러한 부정적인 생각들과 관련 지어 당신의 기억 속에 입력하게 됩니다. 그 기억들은 결혼 후 당신의 행복한 결혼생활에 부정적인 영향을 미칠 것입니다.

이제 당신이 결혼했다고 가정해 보십시오. 일단 결혼하기만 하면 당신은 이전에 가졌던 성관계들을 되새길 필요가 없다고 생각할 것입니다. 그러나 진정 그 모든 부정적인 생각들을 말끔히 지워버린 후 더 할 나위 없이 즐겁고 억압받지 않는 성관계를 자유롭게 누릴 수 있을까요? 그것이 과연 가능할까요?

사실은 그렇지 않습니다! 당신은 죄의식과 두려움, 자기 상실감의 감정들이 결혼 후 성관계를 가질 때에도 여전히 남아 있는 사실을 발견하게 될 것입니다. 그리고 이로 인해 당신은 결혼 후 정상적인 성관계를 가지는 데 방해를 받고, 첫경험이 문득 되살아날 때마다 심한 정신적 괴로움을 당하게 될 것입니다.

█ 젊은이들이 가장 관심을 갖는 것은 무엇일까요?

뉴스위크지의 기사에서 성 상담가 샤론 시한 양은 이렇게 말했습니다. "십대들이 가장 관심을 갖는 것은 결혼과 성에 대한 문제이지만, 그들은 이런 점들에 대해 솔직하게 질문하는 것을 꺼려하고 있습니다. 그들은 자신이 어떻게 미래의 배우자를 찾아야 하는지 그리고 결혼생활의 기분은 과연 어떤 것인지를 알고 싶어 합니다. 그렇지만 어른들에게 솔직한 질문을 하는 것을 주저합니다."

더군다나 십대들은 수십 년 동안 행복한 결혼생활을 영위해 온 부부로부터 그들의 경험담을 들을 필요가 있다고 말했습니다. 그래서 그녀는 청소년들에게 질문할 것을 적극 권장하였습니다.

"어떻게 당신은 배우자를 만났는지 그리고 변치 않는 사랑을 어떻게 유지할 수 있었는지에 대해 듣고 싶어요!"

이에 대한 답변으로 저자인 나는 어떻게 나의 사랑하는 아내를 만났는지 그리고 우리 결혼생활에서 어떻게 변치 않는 사랑을 지금까지 유지할 수 있었는지에 대해 여러분에게 말해 주려고 합니다. 비록 나의 개인적인 경우이긴 하지만 여러분에게 도움이 되기를 바랍니다.

고등학교를 다닐 때 나는 대부분의 다른 남학생들과 다를 바 없이 여학생들에게 관심이 있는 평범한 소년이었습니다. 그때 특별히 한 여학생을 좋아하게 되었습니다. 나는 그녀를 무척 좋아한다고 생각했는데, 알고 보니 그녀는 나 말고 다른 남학생과도 교제하고 있었습니다.

그러던 중 나는 대학에 들어가게 되어 그 마을을 떠났습니다. 그리고 얼마 후 내가 짝사랑했던 여학생이 다른 남학생과 결혼했다는 소식을 들었습니다. 그때 나는 적지 않은 충격을 받았습니다. 나중에 들은 이야기로는 그녀가 임신했기 때문에 서둘러 결혼했다는 것이었습니다.

당시 나는 크게 좌절했습니다. 그 충격으로 이제 다른 여자를 다시는 사랑하지 않겠다고 결심했습니다. 그후 나는 몇 번의 데이트를 했지만 별다른 생각 없이 시간만 때우는 식이었습니다.

그런데 어느 날 파티에 참석했다가 평범하지 않은 어떤 여자를 보게 되었습니다. 그녀는 조금 야위었고, 특히 눈썹이 짙었습니다. 내가 그녀의 외모에 이끌린 것은 아닙니다. 그런데 그녀의 남다른 점이 눈에 띄었습니다. 그녀는 매우 얌전하고 행동거지가 성숙했습니다. 한마디로 숙녀였습니다.

우리는 그때부터 교제를 시작했습니다. 나는 그녀와 함께 있는 것이 점점 즐거워졌습니다. 그녀는 특별한 원칙을 갖고 있었습니다. 그것은 내가 그녀에게 키스하는 것을 허락하지 않는 것이었습니다. 시간이 지나 그녀는 내가 바로 자기가 찾고 있던 사람이라는 결정을 내리게 되었습니다. 그제야 비로소 그녀는 내게 키스를 허락했습니다.

그 첫 번째 키스는 내게 두고두고 기억에 남는 역사적인 것이었습니다! 그것은 정말 우리 두 사람 모두에게 중대한 의미를 부여해 준 것이었습니다.

그때부터 얼마 지나지 않아 우리는 서로가 진정으로 사랑하고 있다는 사실을 확실히 깨닫게 되었습니다. 나는 대학을 졸업하고 그녀에게 청혼했습니다. 그후 해군 장교로 임관했고 마침내 모든 사람의 축복 속에 결혼식을 올렸습니다. 졸업과 임관, 결혼식은 모두 사흘 만에 치러졌습니다.

아내와 나는 결혼하기 전에 어떤 성적인 접촉도 하지 않았습니다. 우리는 둘 다 순결했습니다. 그래서 우리는 아주 서툴렀습니다. 그렇지만 우리는 서로를 너무나 사랑하고 있었기에 그것은 전혀 문제가 되지 않았습니다. 우리의 결혼생활에 있어 한 가지 기쁜 일은 혼전 성경험으로 인해 생기는 어떠한 부부생활의 갈등도 생기지 않았다는 것입니다.

우리는 행복한 결혼식을 올렸습니다. 그리고 나서 미국은 일본과 태평양 전쟁을 벌이게 되었습니다. 나는 달콤한 신혼을 시작한 지 겨우 4주 만에 국가의 부름을 받았고, 군함을 타고 태평양으로 떠나야 했습니다.

내가 승선했던 군함은 과달 해협에서 밤중에 일본군의 기습 공격을 받는 일이 생겼습니다. 그래서 우리는 배를 수리하기 위해 호주로 갔습니다. 거기에는 '거리의 여자들'이 많이 있었습니다. 호주에 머무르는 동안 우리 군함에 타고 있던 결혼한 병사들은 그곳 여성들과 함께 여가 시간을 보냈습니다. 그러나 나는 그렇게 하지 않았습니다. 나는 온 마음을 다해 나를 사랑하는 아내가 기다리고 있을 집으로 돌아가야 함을 잘 알고 있었습니다. 나를 진심으로 사랑하는 아내가 있고 나 역시 아내를 진심으로 사랑하고 있었으므로 객지에서 생기는 유혹은 내게 아무런 문제도 되지 않았습니다.

나는 전쟁 기간 동안 아내를 만나기 위해 휴가를 얻어 세 번 집으로 돌아올 기회가 있었습니다. 사랑하는 아내와 떨어져 신혼을 보내는 것은 쉬운 일이 아니었습니다. 그러다가 전쟁이 끝난 후 무사히 집으로 돌아와 그토록 그리던 아내를 만나 포옹한 그 순간 나는 얼마나 감격스러웠는지요? 내가 더욱더 축복 받았음을 느낀 일은, 그때 아내가 사랑스러운 우리의 첫아기를 품에 안고 마중 나온 것이었습니다. 아내와 아들이 한꺼번에 마중 나와 나의 귀환을 축하해 주던 일은 참으로 기쁜 일이었습니다.

여러 해가 지날수록 서로에 대한 우리 두 사람의 사랑과 신뢰는 더욱 풍부해지고 깊어 갔습니다. 물론 시련의 시간도 있었습니다. 그것은 아들이 겨우 일곱 살의 나이에 사고로 죽은 일이었습니다. 우리는 이 비참한 일로 크게 좌절했습니다. 그렇지만 우리의 사랑은 식지 않았습니다.

우리는 지금 5명의 자녀와 9명의 손자 손녀들을 두고 있습니다. 우리 부부는 그들 모두를 진심으로 사랑하며, 서로에 대한 사랑은 시간이 지날수록 더욱 깊어 가고 있습니다.

▍결혼 후에도 변치 않는 사랑을 유지하는 법

성관계를 단지 젊은 사람들의 전유물로만 생각하지 마십시오!

대학에서 성에 대한 과목을 가르치던 86세 된 교수가 있었습니다. 어느 날 그는 한 학생으로부터 질문을 받았습니다.

"사람이 성에 대해 흥미를 잃는 나이는 몇 살일까요?"

그러자 교수는 다음과 같이 답변했습니다.

"잘 모르겠어요. 그렇지만 86세가 아닌 것만은 확실합니다!"

어떻게 하면 결혼 후에도 변치 않는 사랑을 유지할 수 있을까요? 그 대답은 당신이 계속 스스로 만들어 가야 한다는 것입니다. 사랑에는 생명이 있습니다. 그 생명을 활기 있게 유지시키기 위해서는 날마다 가꾸고 돌봐야 합니다.

만일 당신이 나무 막대기를 마당에 심어 놓았다면, 그냥 내버려둔 채 잊어버려도 됩니다. 그것에는 생명이 없기 때문입니다. 그러나 똑같은 크기의 작은 나무 한 그루를 마당에 심었다면, 당신은 날마다 물을 주면서 가꿔야만 합니다. 그것은 생명이 그 속에 있기 때문입니다. 사랑도 그 속에 생명이 있기 때문에 가꾸지 않으면 시들어 버리고 맙니다.

내 아내는 한 남자를 사랑하고 그 남자로부터 사랑을 받고 있을 때 더욱 아름답게 보입니다. 아내는 내가 그녀를 진정으로 사랑하는 것을 잘 알고 있지만, 내가 "사랑해요!"라고 말해 주기를 날마다 바랍니다. 하루에 40번이라도 아니 더 이상이라도 그 말을 듣고 싶어 합니다.

하루에도 여러 번 우리 부부 중에 한 사람은 손을 내밀어 서로의 손을 잡으며 말합니다.

"여보, 나는 정말 당신을 사랑해요!"

"나도 정말 당신을 사랑해요!"

고등학교 학생들을 모아 놓고 강연을 할 때마다, 나는 학생들에게 내 아내를 그들 앞에 소개합니다. 그녀는 수줍음을 많이 타는 편입니다. 그렇지만 나는 그녀를 잠시 동안 일어서서 내 곁에 서 있도록 합니다. 그러고 나서 이렇게 말합니다.

"나는 여러분에게 내 아내를 소개하기를 원합니다. 내 아내는 지금까지 내가 알고 있었던 사람들 중에 가장 아름답고 최고로 헌신적인 사람입니다. 우리는 50년이 넘게 결혼생활을 해 왔습니다. 그리고 우리는 아직도 서로를 뜨겁게 사랑하고 있습니다. 여러분, 이렇게 훌륭한 제 아내에게 박수를 보내 주시기 바랍니다."

그들은 아내에게 큰 박수갈채를 보냅니다. 아내는 여러 모로 박수를 받을 만한 훌륭한 사람입니다.

그런데 거기 모인 대부분의 학생들이 가정에서 이런 뜨거운 아버지와 어머니의 헌신적인 부부 사랑을 보고 배우지 못하고 자라고 있다는 현실이 나를 슬프게 합니다. 그들이 자녀를 진정으로 사랑하는 부모님의 사랑조차 온전히 받지 못한 채 자라고 있는 것은 더욱 슬픈 사실입니다. 또한 아름다운 소년 소녀들이 마땅히 소유해야 할 축복된 결혼식과 그후의 부부 사이의 멋진 성관계를 제대로 누리지 못하고 있는 현실도 가슴 아픈 일입니다.

결론적으로 성관계는 어떤 것일까요?

그것은 전적으로 당신에게 달려 있습니다. 그것은 사람에 따라 천하고, 불만족스럽고, 별것 아닌 것이 될 수 있습니다. 반면에 이 세상에서 가장 만족스러운 아름다운 체험이 될 수 있습니다. 신비한 놀라움이 가득한 천국의 즐거움이 될 수 있습니다. 그 선택은 오직 당신에게 달려 있습니다. 당신에게 주는 나의 마지막 충고는 이것입니다.

'가장 만족스러운 섹스'를 목표로 삼으십시오! 그것을 위해 결혼 때까지―남자나 여자나 모두―당신의 순결을 지키십시오!

청소년들의 성에 대한 고민과 대답

〈행복한 성 문화센터〉 배정원 소장의 상담사례

▌자위를 많이 하는데……

Q_ 전 16살입니다. 자위를 그만두고 싶은데 자꾸 하게 되네요.

6학년 때부터 시작했는데 지금까지 꽤 많이 한 것 같아요. 그런데 요즘엔 1분이면 사정해서 혹시 조루라는 건지도 몰라서 걱정이 됩니다. 좋은 방법 좀 알려주세요.

A_ 자위행위는 몸에 해롭거나 나쁜 짓은 아닙니다. 그러나 너무 자주 하고 과격하게 할 경우 성기가 다치거나, 나중에 사람과의 성관계에서 만족하지 못할 수 있습니다. 왜냐하면 자위행위는 몸의 감각을 자극하는 것이기 때문에 자연히 더 강한 자극을 원하게 되기 때문입니다. 스스로 생각하기에 자위 횟수가 많다고 생각된다면 좀 절제하도록 하는 게 좋겠죠?

자위행위를 하지 않고도 다른 방법, 예를 들면 농구, 야구, 테니스, 자전거 타기 등 다른 운동으로 성 에너지를 발산할 수 있고, 그림을 그린다거나 나무 조각을 하는 것으로도 충분히 성적 욕구를 해소할 수 있습니다.

또 서둘러 자위행위를 마치는 버릇은 자칫 만성적인 조루로 연결될 수 있으니 자위행위를 자주 하지 않도록 하되, 할 때는 편안한 상태에서 그 감각에 충분히 몰입하며 즐기는 것이 좋습니다. 필요 없는 죄의식으로 서둘러 마치지 말라는 거지요.

성욕은 수면욕, 식욕 등과 함께 인간의 기본적인 욕구이나 이 모든 욕구는 의지로 스스로 통제할 수 있습니다.

▌성관계를 한 뒤에 성기가 아픕니다

Q_ 저는 고등학교 1학년 여자아이입니다. 이번에 성관계를 가졌어요. 친구들이랑 놀면서 술 먹고 한 짓이라 지금 너무 많이 후회한답니다. 그런데 성관계 가진 지 5일이 지났는데요, 성기 부분이 너무 아픕니다.

성기 안에 손을 넣어보니까 정액 굳은 것 같은 게 꽉 차 있었어요. 이런 적이 처음이라 너무 겁나요. 이런 게 왜 안에 있는 건가요? 선생님 빨리 답변주세요.

A_ 정액은 처음 사정될 때는 몽글몽글한 젤 상태를 유지하지만 시간이 지나면 곧 액화되어 물처럼 흘러내리게 됩니다. 그러니 질 속에 정액이 굳어 있을 수는 없는 일이지요.

그런데 많이 가렵고 정액 굳은 것 같은 것이 질 속에 있다면 아마도 칸디다를 말하는 게 아닌가 합니다. 칸디다라는 곰팡이성 질염이지요. 불결한 손이나 수건 등에 의해 혹은 섹스를 통해 감염되기도 합니다. 10대 소녀들이나 미혼이 잘 걸리고 꼭 성병과 연결시킬 필요가 없는 질의 염증이지요.

어쨌든 산부인과나 보건소에 가서 치료를 받아야 합니다. 그러나 이런 질염이 아니고 성병인 임질인 경우에도 가렵고 아랫배가 아프며, 누런 분비물이 나오기도 하니 일단 병원이나 보건소에 가서 검진을 받으세요.

잘 모르는 누군가와 성행위를 했다면 성병검사를 받아보는 것이 좋습니다. 성행위는 그야말로 건강과 직결된 행위니 조심해야 합니다. 그래서 아무나와 성관계를 해서는 안 된다고 하는 거죠.

또 상담과는 별개로 걱정되는 부분은 고등학교 1학년이 친구들과 술 먹고 성행위 등을 한다는 것입니다. 술을 마신 상태에서는 분별력이 흐려져 의도하지 않은 실수를 하거나 혹은 위험한 순간이 와도 자신 스스로를 방어하고 지키기가 매우 힘듭니다. 뿐만 아니라 술은 청소년기의 신체에 나쁜 영향을 끼칠 위험이 매우 높습니다.

인생에는 걸어야 할 과정이 있는 법이죠. 또 그 과정을 걷는 데도 적당한 시기가 있답니다. 지금 자신은 어디를 걸어야 하는지 생각해 보세요. 술 마시면서 놀고 성행위를 할 시기가 아닙니다. 이 기회에 내가 하는 일이 앞으로의 내 인생을 위해 도움이 되는 행위인지 생각해 보기 바랍니다.

▌제가 임신을 한 걸까요?

Q_ 저는 중학교 1학년 때 처음 성관계를 했습니다. 그후로는 하지 말아야지 하면서도 하고 싶어지더라고요. 그래서 최근에 했는데(8월 말에서 9월 초) 9월 말 쯤 생리를 했습니다. 그런데 이번 달 생리주기에는 생리를 하지 않는 거예요.

저는 관계를 맺은 사람에게 말을 하고 임신 테스트를 해보기로 했는데, 그 사람은 그대로 연락을 끊더라고요. 어쩌죠? 엄마에게 말하기는 너무 죄송하고 뵐 면목이 없습니다. 임신 가능성이 있는 걸까요?

참 마음이 답답하고 두렵고…… 세상을 포기하고 싶은 마음까지 듭니다. 제발 좀 도와주세요.

A_ 알겠지만 섹스는 시작하기가 어렵지 한번 시작하면 참 쉬워지지요. 그래서 욕구가 생기면 조절하고 통제한다는 것이 쉽지 않습니다. 하지만 섹스는 동전의 앞면이고 임신은 그 뒷면이라는 걸 잊지 마세요.

낙태는 여자의 몸에 너무 안 좋은 일입니다. 성학에서는 낙태 한번이 여자의 수명을 5년쯤 앞당긴다고 할 정도예요. 낙태 한 번에 자궁천공(자궁에 실수로 구멍이 뚫리는 것)이 될 수도 있고, 마취사고가 나 깨어나지 못할 수도 있고, 영원히 불임이 될 수도 있습니다. 수술이 잘 되었다 하더라도 생명을 죽였다는 죄책감에 평생 괴롭거나 우울증에 시달리기도 합니다.

그뿐 아니라 요즘은 무엇보다 예전처럼 낙태수술을 할 수가 없습니다. 낙태수술은 원래 불법이고, 최근엔 법이 달라져 낙태수술을 하면 의사와 수술 받은 여자가 처벌받도록 되어 있습니다. 합리적인 법은 아니라고 생각하지만.

또 그게 아니라도, 내가 내 몸을 안 돌보면 누가 돌볼까요? 전혀 아무런 준비도 대책도 없이 덜컥 섹스하고 임신되었을까 봐 마음 조리고 또 섹스하고…… 이렇게 지낼 건가요? 내가 행복하고 건강하게 살 수 있도록 스스로를 잘 돌보기 바랍니다.

억지로 성관계를 당했습니다

Q_ 전 고등학교 2학년 여학생입니다. 크리스마스 때 친구랑 어찌하다가 고등학교 3학년인 남자애들을 만나 술을 먹게 되었어요. 그런데 그중에 한 명이 키스를 하기 시작했습니다. 저는 계속 피했지만 결국 거의 강간 수준으로 섹스를 하게 됐어요. 처음이라서 하기 싫다고 말하고 마구 울었는데도 그랬습니다. 게다가 제 질 안에다 사정도 한 것 같았어요.

제 경우 임신 가능성이 있나요? 임신이면 집을 나가야 할 것 같아요. 죽고 싶을 거고요. 저는 어떡하면 좋죠?

A_ 안타깝네요. 마음의 충격이 클 것 같은데 좀 어떤가요? 임신이 걱정되신다 하셨는데 지금 상태에서 임신인지 아닌지는 알 수 없습니다. 임신 여부를 알려면 성관계 2주 후 쯤에 임신진단 테스트를 해봐야 해요. 테스트기는 약국에서 만 원 이내면 구입할 수 있어요. 안에 설명서가 있으니 설명서대로 해보시면 임신 여부를 알 수 있을 거예요.

무엇보다 원치 않는 관계를 억지로 당하게 되어 마음이 혼란스럽고 충격이 클 것 같군요. 주위에 터놓고 얘기할 만한 사람이 있다면 적절한 지지와 위로를 받았으면 좋겠어요. 마땅한 대상이 없다면 저에게 메일을 보내도 좋습니다.

임신이 아니길 바라지만 임신이라고 해도 집을 나간다거나 죽는다는 생각은 하지 마세요. 싫다고 분명히 말했는데 이를 무시하고 행동한 상대방이 더 많이 잘못한 거죠. 책임을 물어도 그 사람에게 물어야 되고 처벌을 받아도 그 사람이 받아야 되지요. 그러니 너무 자책하거나 자신을 원망하지 말았으면 해요. 다만 친구들과 들떠서 술 마시고, 그런 자리에 함께 했었다는 것은 다시 생각해 볼 일이죠. 아무래도 그런 자리는 그렇지 않은 곳보다 당연히 위험할 거 아니겠어요? 어쩌면 알면서도 그런 자리에 함께 했다는 것에 대해 다시는 그런 일이 없도록 해야 할 거예요.

마음을 차분히 가라앉히고 생리를 기다려 보시고 테스트 해보
세요. 긴장하고 초조하면 생리가 늦어질 수도 있습니다. 법적인
문제에 대해 생각중이시라면 다시 댓글 달아주시고요. 도와 드
릴 방법을 찾아보도록 하겠습니다. 마음의 상처가 치유될 수
있길 기원하겠습니다.

▌말 못할 고민이 있는데요.

Q_ 제겐 말 못할 고민이 있습니다. 남자친구와 키스를 하고 애무를 하다가
남자친구가 손가락으로 페팅을 하게 되었어요. 그 뒤로도 자꾸 매일 그
런걸 요구해요. 그래서 그런지 거기가 막 아프고 하고 나면 몸이 떨리는
듯한 증상이 있습니다. 어제부터는 배가 슬슬 아프고요. 왜 그럴까요?
그리고 자꾸 어딘가에 살짝 닿기만 해도 기분이 이상해요. 좀 도와주
세요.

A_ 손가락으로 페팅을 자주 하는데 아랫배가 아프다면 산부인과
에 한번 가보세요. 질은 아주 신축력이 좋은 조직이라서 성기
삽입 섹스로 다칠 우려가 거의 없지만, 손가락은 손톱이 길 경
우나 잘못하여 상처를 낼 수도 있습니다.
어딘가에 살짝 닿기만 해도 기분이 이상하다는 것은 자주 성기

를 자극해서 그런 것입니다. 성감은 개발되고 그 방법은 주로
접촉에 의한 것이죠. 병이 생긴 것은 아니고, 성감이 더 개발되어
예민해진 것이니 성적인 접촉이 뜸해지면 나아질 것입니다.

▌수시로 발기가 일어납니다

Q_ 여자친구 한 번도 없었던 고1 남학생입니다. 그런데 제가 좀 이상해요.
여자랑 같이 있으면 이상한 생각도 하지 않는데 발기가 되고 수업시간
에도 시시때때 발기가 일어납니다. 이 상태에서 만약 여자친구를 사귄
다면 데이트하다가도 발기가 일어날테고…… 해결책이 없을까요?

A_ 수시로 발기가 일어나 힘들어 하시는군요.

하지만 그 나이는 한참 그럴 때랍니다. 아마 친구들한테 물어
보면 다들 자신도 그렇다고 말할 거예요. 사춘기를 지나면서
테스토스테론이라는 남성호르몬이 왕성하게 분비되고 몸이 그
에 익숙해지느라고 그런 현상이 자주 일어나는 것이니 걱정하
지 마세요. 심지어 버스에 앉았다가도 갑자기 발기가 일어나곤
한다죠. 그처럼 어떤 야한 생각이나 야한 것을 보지도 않았는데
발기가 일어나는 것을 자발성 발기라고 합니다. 자신만 이상한
게 아니니 걱정하지 마세요.

그 발기를 사라지게 하는 방법은 다른 생각을 하는 것이라고 하죠. 구구단을 외우거나, 애국가를 부르거나 진지한 무엇인가를 생각하면 발기가 어느 순간 사라진다고 하더군요. 또 집중할 수 있는 행동을 하는 것도 효과적이라고 해요. 귀를 조심스레 후빈다거나…… 어쨌든 걱정하지 마세요. 자연스런 현상입니다. 다만 남의 눈에만 띄지 않게 자연스레 행동하는 것이 좋겠죠.

▌여자친구가 임신을 했어요.

Q_ 여자친구가 성관계 이후 생리를 안 해서 의심을 해봤는데 테스트기를 사서 2번이나 했는데 두 줄이 나왔네요. 병원을 가야 하는데 어디로 가야 되는지 알려주세요. 청소년이라서 그런지 솔직히 가기도 힘들고 임신한 지는 대략 2달 안팎인 것 같아요. 의료보험증을 갖고 가서 하고 싶은데 그게 자료에 남는다고 해서 좀 그렇네요. 무슨 좋은 방법 없나요? 돈은 어느 정도 들고 어느 병원에 가야 하는지 꼭 좀 알려주세요.

A_ 인공 임신중절 수술은 의료보험증을 가져간다 해도 적용되지 않습니다. 그러므로 의료보험이 있든 없든 결국 병원비는 차이가 없다는 말입니다. 또한 안타깝지만, 요즘엔 낙태수술이 더

욱 어렵습니다. 낙태수술 자체가 원래 불법이었지만, 요즘엔 산부인과 의사들도 낙태수술을 거부하고 법으로도 아주 엄하게 다스리고 있습니다. 그래서 경험 많은 의사를 만나 수술 받기가 어려울 거예요.

얼마나 답답하고 암담할지 충분히 이해됩니다. 그러나 지금 도움을 받을 분은 님과 여자친구의 부모님들이십니다. 말씀 드리기 어려울 거라는 거 잘 압니다. 누구라도 그럴 테니까요.

그렇지만 시간이 없습니다. 임신이 진행되면 될수록 수술하기도 어렵고 비용 또한 많이 듭니다. 무엇보다도 여자친구의 몸에 더 많은 좋지 않은 영향을 미치게 되겠지요. 임신 사실을 아시면 몹시 당혹스러워 하시고 노여워도 하시겠지만 부모님은 결국 님과 님의 여자친구 편이 되어서 도와주실 것입니다.

수술 말고도 다른 방법도 강구해 보구요. 물론 어린 두사람이 해결하기는 어려운 문제이니 부모님과 주변의 전문가로부터 도움을 구하도록 하세요.

미리 걱정하지 마시고 속히 말씀 드리세요. 하지 않아야 할 실수를 했다는 생각은 하고 있는 거죠? 그렇다면 솔직하게 말씀 드리고 용서를 구하세요. 정말 잘못 했노라고…… 다시는 같은 실수하지 않겠다고. 다시 한 번 말씀 드리지만 시간이 없습니다. 내일이라도 말씀 드리고 빨리 병원에 가 보세요.

| 초판 1쇄 인쇄 2011년 10월 4일 | 초판 1쇄 발행 2011년 10월 10일 | 지은이 조지 이거 | 옮긴이 임달호 | 펴낸이 임용호 | 펴낸곳 도서출판 종문화사 | 편집 김연정 | 표지 · 본문디자인 민선영 | 인쇄 · 제본 한영문화사 | 출판등록 1997년 4월 1일 제22-392 | 주소 서울시 중구 충무로 4가 120-3 진양빌딩 673호 | 전화 (02) 735-6891 | 팩스 (02) 735-6892 | E-mail jongmhs@hanmail.net | 값 12,000원 | ⓒ 2003, Jong Munhwasa printed in Korea | ISBN 978-89-87444-89-5 03800 | 잘못된 책은 바꾸어 드립니다.